つよかわ
転生幼女は自分らしく生きていきます
～小さな錬金術師がつくる極悪!?アイテムは史上最強です～
JN228480
鬱沢色素
Illustration
フェルネモ

CHARACTERS
キャラクター紹介
クリフ
容姿端麗で
優秀なティアの兄。
妹を溺愛していて、
どんな発明品も
全肯定してくれる。
フーちゃん
ティアの作った
アイテムに
救われたフクロウ(?)。
ティアにとっても
懐いている。
ティア
錬金術で規格外の
アイテムを量産する
転生幼女。
だけど本人は
まったくの
無自覚で…。

ローラ
ティアの母。
優しく穏やかな性格で、
ウォーレス同様
ティアのことを
溺愛している。
ウォーレス
ティアの父。
強い魔物が出没する
「奈落の森」近くの
辺境に屋敷を
構えている。
ルシンダ
ギルドマスターの
大魔導士。
ティアと同じく独特の
美的センスを持つ。
マオ
怪しい魔石から
突如現れた謎の男性。
ティアの発明品に
興味津々な
ようで…。

ふっふっふ、
今日も始めましゅ
ほわっと暖かい光が、
手を中心に灯った。
今まで何度か試してみたが、
錬金術を使う際は
いつも独特な感覚だ。
それを文字で言い表すなら……。
ぐるぐる、ばーっ。

# つよかわ 転生幼女は自分らしく生きていきます

## ～小さな錬金術師がつくる極悪!?アイテムは史上最強です～

鬱沢色素

Illustration

フェルネモ

目次

# プロローグ

私は母から、自分らしく生きることを禁じられてきた。

『なんで、あなたみたいな不細工な子が生まれたのかしら？』

『みっともないものを身に着けないで。あなたがそんな女の子らしいものを持ってたら、笑われるわよ』


どうやら、母は私を嫌っていたらしい。

だけど私が可愛くないから、仕方がないのだ。

実際、父は私に愛想を尽かして、家を出ていってしまったみたい。

母にぶたれたくないから、物分かりのいい子どもを演じなくちゃいけなくて。

やりたいことがあっても、我慢してきた。

『あなたなんて、生まれてこなければよかった』

母から何度も聞かされてきた言葉。

言われる度に、私は自分を責めた。

プロローグ

――もっと可愛く生まれていたら、私も愛されていたのかな？


そう自分を責め続けて――十六歳の誕生日を迎える。

母は酒癖が悪く、家に帰ってくる時はいつも不機嫌だったけど……今日は違った。

妙に機嫌がよかったのだ。お酒も飲んでないみたい。

そして笑顔で、私に一杯のジュースを差し出した。

『あなた、今日十六歳の誕生日よね？　誕生日プレゼントよ！』

よく考えたら、違和感のあることばかりだった。

しかし、母からこうしてなにかをプレゼントしてもらったことは、今までなかったから――。

私は嬉しくなって、差し出されたジュースを口にする。

すると――急に気持ち悪くなってきた。


――あっ、これ。ダメなヤツだ。


そう思ったのも束の間、視界がぼやけてくる。

とうとう座っていられなくなって、椅子から転げ落ちるように床に倒れた。

必死に意識を繋(つな)ぎ止めようとするけどそれも敵わず、視界がブラックアウトし――。


「ああ――可哀想な子じゃ。お主はなにも悪くないというのに――」

次に目を開けた時。

私は真っ白な空間にいた。

え、ここはどこ？

戸惑っていると、急に年老いた男性が現れた。

「お爺さんは誰ですか？」

「お爺さん？　お主にはそう見えるのか。お主の頭の中のイメージを投影しているだけなのじゃが――まあ、今は重要ではないか」

もごもごと言って、お爺さん？　はこう続ける。

「残念じゃが、お主の人生は終わった」

「え……？　つまり私、死んだってことなんですか？」

「そういうことになる」

死んだ――と聞かされても不思議なことに、動揺や後悔といった思いは全く湧かなかった。

今までの人生を、さほど楽しいと思ったことがないからだろうか？

「儂(わし)はお主ら人間の中で『神』と呼ばれるものじゃ」

疑問が渦巻いている中、お爺さん（神？）はとんでもないことを言い出した。

「か、神⁉　本当ですか？」

「本当じゃ。そうでなければ、今の状況をどう説明する」

「それはそうですが……は、初めて見たもので」

「大体の人間が初めてじゃ。悪いが――話を進めるぞ。時間がないものでな」

話が目まぐるしく展開されていく。

「お主は前世で不遇な人生を送ってきた。そういう人間には神の計らいで、第二の人生をプレゼントすることになっている。転生というやつじゃな」

転生？

まさか本当にそんなことがあるだなんて……死んだら、土に還るだけだと思っていた。

「しかし元の世界に転生は無理じゃ。元の世界への転生は矛盾が発生し、最悪世界が消滅してしまうかもしれぬからのお」

「じゃあ、私はどうなるんですか？」

「心配せずともよい。世界というのはひとつではない。また別の世界に転生させてやろう。どうじゃ？」

「どう、と言われましても……」

「戸惑いの方が大きいか。皆、そんなもんじゃ。そんなお主にひとつ、好きな能力を与えてやろう。サポートもしっかりしていて、よい神様じゃろ？　儂」

神様がパチンと指を鳴らすと、パソコンのウィンドウのようなものが私の目の前に現れた。

そこには箇条書きで、いくつかの能力らしきものが書かれている。

・火属性最強適正
・時を止める能力
・深淵の魔物テイマー

他にもあるけど、どれもピンとこない。

「その中から好きなものを選ぶといい」

「全部物騒な気がしますね……この中から選ばないといけないんですか？」

「ん？　ないか？　だったら、そうじゃなくてもいいぞ。どんな能力を欲するのじゃ。あるいはどういう人生を歩んでみたいか――答えてみよ」

「だったら――」

私は少し悩んでから、ダメ元でこう告げた。

「今度は自分らしく生きたい――」

私だって、同級生の女の子みたいに化粧をしたい。

バッグに可愛らしいアクセサリーを付けてみたかった。

可愛いぬいぐるみを抱いて、一緒に寝たかった。

そうできなかったのは、母から禁じられてきたから。

だけど第二の人生があるとするなら、今度は自分らしく生きたい。

多くは望まない。

「ほほお……」

すると神様は感心したように顎を撫で。

「やはり人間は面白い。その気になれば異世界の王となれる力を提示されながら、そうではない道を選ぶか」

「すみません。やっぱりダメですか？　だったら――」

「ダメ？　そんなことはない。お主はもう少し、自分のしたいことを押し通すことを覚えよ。まあ今は無理かもしれぬがな」

とはいえ――と神様は続ける。

「しかし自分らしい生活とは、どのようなものじゃ？」

「なんでしょう？　可愛いものを身に着けたり、囲まれたりする人生ですかね？」

「ならば『錬金術』の力というのはどうじゃ？」

錬金術——本で読んだことがある。

素材を加工したり組み合わせ、新たなものを作り出す術だったような気がする。

本来の意味は違うみたいなんだけどね。よくあるファンタジー世界では、そういう定義だったはず。

「錬金術の力があれば、可愛いものをいくらでも作ることができる。どうじゃ？」

「はい、それでいいです。ありがとうございます」

「承知した。お主の願い、聞き届けたぞ——」

神様が右手を挙げると、私の体が光に包まれる。

「今からお主を異世界に転生させる。じゃが、安心するといい。優しい家族の元に転生させると約束しよう。そこでお主は錬金術の力を使いこなし、理想の人生を歩むのじゃ」

「ありがとうござい——」

お礼を伝える間もなく、私はどこか遠くの場所に飛んでいく感覚を抱いた——。

少女がいなくなり、神様はぽつりとこう呟く。

「錬金術……か。謙虚な心の持ち主じゃった。しかしあの子は前世で、可愛いものにさほど触れてこなかった。そんな彼女の思う可愛いものとは……いかほどのものか？」

と神様は首をかしげる。

「どちらにせよ——儂が授けた力じゃ。錬金術で作られたアイテムは、全て規格外のものになるじゃろう。あの子が異世界で苦労することはない。邪神の動きも気になるが、あの子がいれば大丈夫じゃ」

自分らしく生きることを禁じられてきた少女。

そんな彼女は、好きな可愛いものに囲まれる生活を望んだ。

だが、彼女が思い浮かべる『可愛い』は普通と少しズレていたことを——この時は誰も予想していなかった。

# 第一話　髑髏の魔剣

異世界に転生して、およそ三年が経った。

私はアルティウス公爵家の娘として生まれ、ティアという可愛い名前も授かった。

前世では愛されない人生を送ってきたが、今回は違う。

家族や使用人さんのみんなに愛されて、不自由なく暮らしてきた。

唯一の不満があるとするなら……前世は築三十年のアパートの狭い一室に住んでいたので、今いる屋敷がとても広く感じたこと。

三歳児の私にとって、移動するのも一苦労だけど……これも成長していくうちに慣れるだろう。

というわけで——。

朝。

私は朝食を食べるために、屋敷内の食堂に足を運ぶ。

「おっ、ティア。今日もひとりで起きられたのか。偉いぞ」

「ティアも成長したわね」

既に食堂にはお父様とお母様が席に着いており、私を見て柔らかい表情を浮かべた。

「うん。だって、私はもう三歳でしゅから！　いつまでもお父様とお母様の手を煩わせるわけにはいきましぇん」

舌が発達していないせいか、喋る時にまだちょっと噛んでしまうけど……そこはご愛嬌ということで。

「うんうん、ティアは立派だな。ほら、来なさい。頭をなでなでしてあげよう」

「わーい」

近寄ると、お父様は私の頭を優しく撫でてくれた。

お父様の名前はウォーレス。

まだ三十半ばって聞いてるけど、何度も修羅場を乗り越えてきたような大人の渋みがある顔をしている。

右肩に星形の傷があり、お父様はそれを「男の勲章だ」とよく自慢している。

私の自慢のお父様だ。

「ふふふ、幸せそうな顔をしているわね。やはり、ティアもまだまだ甘えたい盛りですものね」

お父様と私を眺めて、そう口にするのはお母様。

名前はローラ。

いつものほほんとしていて、美しい母親だ。

大好きなお父様とお母様。

ふたりの顔を見ているだけでも、幸せな気持ちで胸がいっぱいになる。

そして私の家族はふたりだけではなく……。


「ティア」


最後に――食堂に入ってきたのは、ひとりの男の子。

「兄様！」

男の子――兄様の胸にダイブすると、優しく受け止めてくれた。

「とうとう先を越されちゃったか。ティアは早起きだね」

「兄様には負けないのでしゅ！」

「ははっ、その意気だよ」

兄様の胸に顔を埋めていると、花のような香りが鼻腔をくすぐった。どうしてこんなに良い香りがするんだろう？

——兄様の名前はクリフ。

歳は十二で、整った顔立ち。さらっとした金色の髪は、お伽話の王子様のようだった。

「だけどいくら立派になったからといって、ティアひとりで屋敷の外に出ちゃいけないよ。外は危ないからね」

「そうだぞ、ティア。どうしても出たいって時は、俺たちに言うんだ」

一転して、真剣な顔をして注意してくる兄様とお父様。

私がこう言われるのには理由がある。

この屋敷は、凶悪な魔物が棲む『奈落の森』と呼ばれる森に囲まれているらしい。

だからふたりは私を心配してくれているんだろうけど……そもそも、どうしてこんな危険なところに、屋敷を構えているのかな？

今まで何度かそう疑問に思って聞いてみたが、いつも「ティアが知るのにはまだ早い」と答えをはぐらかされてきた。

「じゃあ、そろそろ席に着こうか。君は僕の隣の席でいいかな？」

「はい、でしゅ！」

と兄様の隣に座った。

本当は兄様の膝の上がいいんだけど……我慢我慢。

三歳になったのに、いつまでも兄様にべったりだったら、もし将来ひとりになった時に不安だからね。

幸せな人生――。

満足した暮らしを送っていた私ではあるが、たったひとつだけ――家族に内緒にしている趣味があった。

朝食を食べ終わるやいなや、駆け足で自室に戻った。

「ふっふっふ、今日も始めましゅ」

自室の片隅に置かれている、シーツで隠された箱。

私はその前に立ち、勢いよくシーツを剝(は)がし中身を取り出す。

中には――一本の剣が入っていた。

「兄様の目を盗んで、持ってきた甲斐がありまちた」

私は異世界に転生する際、『好きなものに囲まれ、自分らしく生きること』を望んで、神様から錬金術の力を授かった。

だけど何故だか、この歳になるまで錬金術の力は使えなかった。

お母様が言うには、「魔力が定着しなかったから」ということだけど……よくわからない。

それに三歳になってからも「錬金術を使うのは、もっと大きくなってから」と止められていたので、表立って使えなかった。

なので今まで家族に隠れて、コソコソと錬金術を試していた。

錬金術を使うには、どうやら素材が必要らしく、私は捨てられていた剣を拝借してきたわけだが——それがこれである。

「錬金術、開始でしゅ！」

と私は剣に触れる。

ほわっと暖かい光が、手を中心に灯った。

今まで何度か試してみたが、錬金術を使う際はいつも独特な感覚だ。

体の中に回っている水を、外に放出する感じ。

それを文字で言い表すなら……。


ぐるぐる、ばーっ。


って感じだ。

初めの頃は失敗して、素材をダメにしてしまったこともしばしば。

だけど徐々にコツを摑めるようになってきて、今では大分上手くなってきた。

「失敗できましぇん。次にこんな逸品を手に入れられるのは、いつになるかわからないんでしゅからっ！」

やがて——剣は徐々に形と色を変えていった。

「……よち！　成功でしゅ！」

再び剣を握って、それを高く掲げる。

三歳児の筋力では一本の剣を持ち上げるだけでも、上手くバランスが取れずふらふらするので、落とさないように注意だ。

白を基調とした剣は現在、暗い色に様変わりしている。

これはこういった色合いの方が、自分的に可愛いと思ったからだ。

さらにそれだけではない。

この剣の可愛いポイントは、別にあって……。

「ティア、さっきの朝食の時に言い忘れてたけど——」

完成度の高さに恍惚としていたら、兄様が部屋に入ってくるのに気が付かなかった。

「あ……」

すぐに剣を隠そうとするが――ただでさえ、ふらふらしていたのだ。バランスを崩し転倒してしまいそうになる。

「いけないっ！」

だけどすぐに兄様が駆け寄ってきて、私の体を支えてくれる。

「そんなにはしゃいだら、転けちゃうよ。一体なにを――って、剣⁉」

「うっ……」

兄様が私の持っている剣に気付き、こう非難の声を上げる。

「こんなもの、どこで見つけてきたんだい？　ティアが持ってたら、危ないじゃないか！」

「ご、ごめんなしゃい……ゴミ捨て場から拾ってきたんでしゅ……」

ぶたれると思い、咄嗟に目を瞑る。

兄様はそんなことしないってわかってるけど、前世のトラウマが蘇ったのだ。

だけど。

「……ティア、そんな顔をしないでくれ。僕の方こそ、大きな声を出してごめん。怖かったよね」

兄様は優しい声音でそう言って、私の頭を撫でてくれた。

「兄様が謝らないでくだしゃい。私が悪いんでしゅ。剣なんて勝手に持ち出したら、怒られるのもしょうがないでしゅ……でも」

「でも？」

「どうしても兄様に、これをぷれじぇんとしたくって……」

「ぼ、僕にかい？」

戸惑いの表情を見せる兄様。

私の手から剣を受け取り、まじまじと眺める。

「ゴミ捨て場から拾ってきた……と言ってたけど、こんな剣はうちになかったよね。もしかして、錬金術を使ったのかい？」

「は、はい」

三歳になった頃、街から神父さんがやって来て、私にどのような才能が眠っているか確かめてくれた。

その時、私に錬金術の才能が眠っていることが発覚したので、兄様も私の錬金術のことは知っている。

あれから時間も経っているし、錬金術で作ったものを見せたのは、今が初めてだけどね。

「可愛い剣だったら、兄様も喜んでくれると思いまちて……作ったんでしゅ」

「すごいじゃないか！　ティアはまだちっちゃいのに、立派に錬金術を使いこなしている。将来有望だね」

パッと兄様が表情を明るくする。

叱られたばかりだというのに褒められて嬉しくなるなんて、私も現金なものだ。

「だけど……」

しかし兄様は怪訝そうな顔つきになって、こう続けた。


「この鞘口に付いている髑髏の飾り、なんだい？」

え？


「可愛いじゃないでしゅか」

「可愛い？　髑髏が……かい？」

「はい」

と首を縦に振る。

ぽっかりと穴が空いた目や口。

今にもカタカタと喋りだしそうな髑髏は、とってもキュートだ。

「もしかして髑髏さん、可愛くないでしゅか？　ご、ごめんなしゃい。兄様の気に入るものを作れなくて――」

「そ、そんなことないよ！」

私がまた俯くと、兄様は慌ててこう口にする。

「か、可愛い！　髑髏もそうだけど、この全体的な色彩もセンスがある！」

「ほ、ほんとでしゅか？」

「ほんとほんと！　だから泣かないでくれ。こんな可愛いものを作れるなんて、ティアの将来はデザイナーかな？　それともアイドル？　なんにせよ、ティアの作るものが一番可愛い！」

顔を綻（ほころ）ばせる兄様。

「これ、僕へのプレゼントなんだよね？　本当にもらっていいのかい？」

「はい、でしゅ！　武器としては使えないかもしれましぇんが、お守り代わりとして持ってくれると、嬉しいでしゅ」

兄様はよく奈落の森に出かけて、魔物を狩ってくる。

だから実用性と見た目も兼ねて、今回のプレゼントを思いついたのだ。

「もちろん、兄様がいらないって言うなら別なんでしゅが……」

「いらないなんて言うわけないよ！　本当にありがとう。こんな可愛いものを持ってたら、魔物もメロメロになりそうだ」

心の底から喜んでいそうな兄様の顔を見ていると、頑張った甲斐があったというものだ。

「よかったでしゅ。勝手なことして、ごめんなしゃい。今度からは兄様に黙って、こんなことをしないでしゅから」

「わかってくれたら、いいんだよ。それに……」

と兄様は真剣に私の顔を見つめ。

「そんなに謝らなくてもいいんだよ。ティアはまだちっちゃいし、危ないかもしれないから錬金術の使用を禁止してたけど……君がそうじゃないなら別だ。今度から、やりたいことはもっとやりたいと口にした方がいい」

「は、はい。ごめんなしゃい」

「また謝ってる」

クスクスと笑う兄様。

兄様は優しいからそう言ってくれているけど、ダメなことをしてしまったのは事実だ。

ちゃんと我慢しないと——と、心からそう思うのであった。

【SIDE：クリフ】

僕はクリフ。

偉大なる父上と母上の背中を見て育ち、少し前に十二歳の誕生日を迎えた。

そんな僕には使命がある。

奈落の森に棲む魔物たちを退治することだ。

定期的に魔物を狩らなければ、いつか街や屋敷に魔物が雪崩れ込んでくるからね。

実際、魔物が屋敷の敷地内に入り込んできたのは、一度や二度の話じゃない。

それが何度も続けば当然、ティアにも危険が及んでしまう。

——彼女は僕の可愛い妹だ。

成長していくごとにその可愛さは増していき、「この子は天使か？」と何度も思った。

幼い頃から魔物を倒すために厳しい訓練をしてきた僕だけど、今から三年ほど前にひとりで奈落の森で狩りをする許可をもらった。

だから今日も武器を持ち、奈落の森に来たんだけど……。

「まさかこんな強い魔物に遭遇するなんて——」

僕は——魔物を前に膝を突いていた。

今戦っている魔物の名は、アーマードトータス。

全長は僕の身長を優に超える、亀のような姿をした魔物だ。

その甲羅は硬く、どんな攻撃も通らない。そして巨体から繰り出される一撃は大地を揺るがすほどの威力である。

持ってきていた剣はアーマードトータスの甲羅に阻(はば)まれ、全て折れてしまった。

アーマードトータスは品定めをするように、僕を見下ろしている。

こいつにとって、今の僕は狩る対象。どうやってトドメを刺そうか考えているのだろう。

僕もここまでか――。

命の最期を予感し、僕の頭に浮かんだのはティアの顔だ。

屋敷には父上と母上もいる。ゆえにアーマードトータスが屋敷の方に向かっても、ティアは無事だと思うが……怖い思いをさせてしまうのは申し訳なかった。

「グオオオオオオ！」

アーマードトータスが咆哮し、片足を上げる。

僕は最後の力を振り絞って、アーマードトータスの攻撃を躱した。

「せめて武器さえ残っていれば……！」

その時――地面に転がっていた、ある武器に目がいく。

「これはティアがプレゼントしてくれた剣――」

鞘口に髑髏の飾りが付いている、特徴的な剣だ。

お守り代わりとして持ってきていたけど、元は廃棄されたもの。いくら錬金術で修復されようが、武器として期待はできない。

だけど……もう贅沢は言ってられない。

まともな武器はこれしかないのだ。

アーマードトータスが追撃を仕掛けてくる。

僕は咄嗟にティアからもらった剣を握り、アーマードトータスに剣を振るった。

ズシャアアアアアアアン！

「は……？」

思わず間抜けな声を出してしまう。

最後の悪あがきとして放った一撃は、アーマードトータスを両断していたからだ。

断末魔の叫びさえ上げず、アーマードトータスは地に伏せた。

「た、倒したのか……？」

ふらふらとした足取りでアーマードトータスの生死を確認する。

……うん、死んでる。

幻覚というわけでもなさそうだ。

「どんなことをしても、アーマードトータスに攻撃は通らなかったのに……どうしていきなり？　もしかして、この剣になにか秘密が？」

鞘口の髑髏を見つめ、僕はそう口にした。

「兄様……帰りが遅いでしゅね」

窓の外が暗くなっていることに気付き、私はそう呟く。

「そうね……ちょっと心配だわ」

お母様も心配そうだ。

「クリフのことだから大丈夫だと思うが……不測の事態は起こり得る。念のために迎えに――」

とお父様が椅子から腰を上げようとした時だった。

「ウォーレス様――クリフ様がお戻りになりました」

屋敷の使用人さんが部屋に入ってきて、そう告げた。

その表情は、少し焦っているようだ。

「やっと……か。だが、その様子だとなにかあったか？」

「は、はい。クリフ様は傷を負っておられます。生死に関わる傷ではないですが、クリフ様がああなるのは珍しい――」

そこまで聞いて、私たちはお互いに顔を見合わせて、ぎょっとする。

「兄様――！」

いの一番に私が駆け出し、お父様とお母様も後に続いた。

「兄様！　大丈夫でしゅか⁉」

「うん、平気だよ。心配してくれて、ありがとうね」

気丈に振る舞う兄様だが、使用人さんが言っていた通り、所々傷を負っていた。

「……クリフ、なにがあった？　お前ほどの男が、そんな姿で帰ってくるんだ。強い魔物にでも遭遇したか？」

「話して、クリフ」

お父様とお母様も心配そうに、兄様に問いかけた。

「はい……実はアーマードトータスに遭遇したんです」

「な、なんだとお⁉」

兄様からの答えを聞き――見る見るうちに、お父様が慌てる。

「アーマードトータスって言ったら、S級の魔物じゃねぇか！　クリフの持ってる武器じゃ、傷ひとつ付けられねぇだろう？　よく逃げてきたな」

「いえ――逃げてきたわけではなく、倒しました。一部しか持ち帰れませんでしたが、アーマードトータスから取れる素材もあります」

「なんと……！　お前は昔から優秀だと思っていたが、もうアーマードトータスをひとりで狩れるようになっていたとは！　クリフ、よくやった」

「頑張ったわね、クリフ」

驚いた様子で、お父様とお母様が兄様を口々に褒める。

そんな光景を眺めていると、私も自分が褒められているような嬉しい気持ちになった。

「すごい！　兄様は強いでしゅね！」

「ありがとう。でも、ティアからもらった剣のおかげだよ」

と兄様は剣を掲げる。

あっ……ちゃんと持っていてくれたんだ。

「ありがとうございましゅ。でも——それなんて、ただ可愛いだけの剣でしゅよ？　アーマードトータス？　ってのを倒ちたのは、兄様が頑張ったからでしゅ」

謙遜ではない。

私だって強い剣を作ろうとしたわけじゃないし、髑髏の可愛い剣で魔物を倒せるわけないよね……。

「…………」

お母様は何故だか、そんな兄様と髑髏の剣を神妙な顔つきで見つめていた。

「つきましては父上、母上。おふたりに話があります」

「わかった。だが、まずは傷の手当てだ」

「大事な話なんでしょう？　ちゃんと傷の治療をしてから、話すべきだと思うわ」

「はい」

と兄様が頷(うなず)き、傷の手当てをするために屋敷の奥に歩いていく。

そんな兄様の背中は、いつもより大きく見えた。

【ＳＩＤＥ：クリフ】

幸いなことに傷の具合も大したことがなく、翌日には父上と母上——そして僕クリフの三人で、話し合いの場を持つことができた。

屋敷内の会議室。

中央のテーブルに一本の剣が置かれていた。

僕がティアからもらった髑髏の剣だ。

「……間違いないわ」

母上がそっと髑髏の剣から手を離し、こう告げる。

「この剣はとんでもない代物よ。仮に売りに出したら、豪邸が一軒建つんじゃないかしら？

これでアーマードトータスを斬った——って聞かされても、全く不思議じゃないわね」

「やはり……！」

母上は鑑定魔法が使える。

そのアイテムがどのような力を持つかわかる魔法だ。

鑑定魔法が使える人間は世界でも希少だが、母上はその使い手の中でも超一流なのである。

「この剣は、実体のあるものならほとんどなんでも斬り裂けるわ。それに、異常なまでの強度を持ち、刃こぼれひとつしない。まさに究極の剣——完璧な芸術品よ」

「本当にそんなすごいものをティアが作ったのか？」

震えた声でそう問いかけてくるのは父上だ。

「はい。もちろん錬金術で作ったというのは嘘で、他から持ってきたという可能性もなくはないですがね」

「有り得ないわね。ティアがひとりで街まで出かけて、これを手に入れたっていうの？　それに、こんな剣は今まで見たことがない。どこで手に入れたかっていう疑問も生じるわ」

「そうだよなあ」

母上の言葉に、父上も頷くしかないようであった。

「ティアが俺たちに隠れて、錬金術を試していたなんてな。まだちっちゃいし、意味がわかってないと思っていたが……そうじゃなかったのか」

「どうして私たちに言ってくれなかったのかしら？」

「ティアはとても利口な子どもですからね。ワガママを言ってると思われるのが嫌だったのでは？」

「ワガママを……ね。そんなこと思わないのに」

「だが、ティアらしいぜ」

ティアはいつも笑顔で甘えたがりな可愛い子どもだけど、半面――自分の意見を我慢する悪い癖がある。

僕もちっちゃい頃はあんな感じだったかなあ？　と今までは深く考えてこなかったけど、父上と母上の反応を見るに、そうでもなかったらしい。

「しかも、こんな規格外のものを作りやがる」

「彼女はただ、可愛い剣を作っていただけのつもりのようですけどね」

「屋敷の外にろくに出してこなかったもんね。周囲との差がわからず、自分のすごさを把握していないのかしら」

「でしょうね。そうじゃなくても――父上と母上の背中を見て育てば、周りとの差がわからなくなりますよ。何故なら――」

ふたりの視線を受けながら、僕はこう続ける。

「おふたりは魔王を封印した、元勇者パーティーなのですから――」

僕たちアルティウス公爵家は貴族ではあるが、その始まりはちょっと特殊なもの。

この世界にはかつて、魔王と呼ばれる存在がいたらしい。

人々は魔王を恐れ、生活していたのだと聞く。

そしておよそ十五年前――魔王を封印した者が現れた。

それが勇者ウォーレス――僕の父上だ。

母上はそんな父上の仲間だった人。

残りふたりの仲間を加えた、四人の勇者パーティーは魔王を封印した功績を讃えられた。

全てが終わったのち、父上と母上は結婚し、魔王を封印した暁に公爵位を授かった。それがアルティウス公爵家の始まりである。

そして父上と母上は貴族として、奈落の森を管理することに決めた。

奈落の森で無限に凶悪な魔物が湧いてくる理由は、よくわかっていない。だからこそ、誰かが管理しなければならなかったわけである。

これが――僕たちが貴族なのに、こんな危険な場所に屋敷を構えている理由である。

「今まで、ティアにはそのことを教えなかったからな。そのせいで、自分の力のすごさに気付いていないっていったところか」

「でも、しょうがないわよ。ティアには血なまぐさい事情と無縁に暮らしてほしかったんだから」

母上の言ったことには、僕も賛成だ。

当初はティアと同様、僕にも魔物と戦わせる気はなかったのだという。

しかしいち早くアルティウス公爵家の事情を知った僕が、共に戦いたいと両親に頼んだ。

そこからはちょっとしたごたごたがあったけど、今ではこうして僕も魔物を狩り、奈落の森の管理に携わっている。

「まあ、そりゃそうだな。俺もそのつもりで育ててきた。なのにこんなすげぇ剣を作れるだなんて……ティアの才能には驚かされるばかりだよ」

「ティアの可愛さには、生まれた時から気付いていたけどね」

「だな。うちの娘は世界一可愛い。だからひとつ——気になることがある」

そう言って、父上は再び髑髏の剣に視線を移した。

「この剣、ほんとにティアは可愛いと思ってんのか？」


…………。

しばしの沈黙。

「なにを言うのよ！」

だけどその静寂を切り裂くかのように、母上がテーブルをバンッ！　と勢いよく叩いて立ち上がる。

「ティアが可愛いと思ってるのよ⁉　可愛いティアの作るものは全て可愛い！　あなたはそう思わないの⁉」

「お、俺だってそう思っている。だが……ティアの作るものという部分を差し引いても、少し見た目がおどろおどろしいというか……」

母上の勢いに、父上もたじたじだ。

しかし父上がそう思うのも仕方がない。

ティアが僕のために作ってくれた髑髏の剣は——お世辞にも、一般的な可愛さを持ち合わせていないように思えた。

むしろ、禍々しい魔剣と言った方が似合うくらいだ。

「ティアには言わないでくださいね。うっかり口を滑らせてしまうと、泣いてしまいますよ」

「むむぅ……ティアの涙は見たくねぇな。注意する」

「それにティアの作るものと思ったら、不思議と可愛く見えてくるわ。ほら、この髑髏。今にも喋りだしそうで怖——と、とってもチャーミングじゃない？」

「お前も可愛いと信じきれていねぇじゃないか」

嘆息する父上の言葉を、母上は無視した。

「ティアに規格外の錬金術の力があることはわかりました。問題は——それを知った上で、僕たちがどのようにティアと接するべきかです」

「変わらねぇだろう。規格外の力があろうとなかろうと、ティアはティアだ」

「その通りです。ですが、このまま屋敷の中から出さない……というわけにもいかないでしょう？　屋敷の外に出て、思わぬ形で周囲との差を知ってしまった場合、ティアはどうなるか……」

彼女のことだから心配していないけど——大きな力は時に人を惑わせることを、僕は父上と母上のふたりから教えられてきた。

「そうね。これからはもっと屋敷の外に出して、少しずつ常識を学ばせるべきだと思うわ」

「それには俺も賛成だな。だが、錬金術について——ティアにはどう教える？　俺はまだ、ティアには自分が使える錬金術のすごさを教えるべきではないと思うが……」

「僕も同意です。常識を知ってから、ゆっくりと諭していけばいいでしょう」

僕が頷くと、父上と母上も同様に首を縦に振った。

「だったら決定だな。ティアには今後、外の世界を知ってもらい、少しずつ常識を学ばせる」

「だけどティアが使える錬金術のすごさについては、彼女にはまだ隠しておく」

「難問ですね……一見、矛盾したやり方のようにも思えますが」

「子育てっていうのは難しいもんだ。俺たちにできることは、ティアの成長を見守ること。そしてティアに危険が迫れば、全力で排除することだ」

決意を込めた声で、父上が言う。

そう……彼女には幸せな人生を送ってほしい。

なにかを我慢することなく、いつも笑顔で暮らしていけるような。

そのような人生を送るためには、僕たちで彼女を支えていかなければならない。

僕はティアの兄なのに、まるで親になったかのような気分だった。

「今日のところはこんなところね。またなにかあれば、すぐに報告してね。私たちでティアを守っていきましょ」

母上の言葉に、僕と父上は頷いた。

# 第二話　浄化の音楽箱

あれから、私の生活は少しずつ変わっていった。

まず、今までは家族に隠れて錬金術を使ってたけど、その必要がなくなった。

だけど錬金術で作ったものはお父様とお母様、そして兄様の三人にしか基本見せてはいけないルールも追加された。

本当は使用人さんにも、見てもらいたいけど……仕方がないよね。可愛いアイテムを見せられても、困惑するだけだし。

そしてもうひとつの変化があった。

錬金術を大っぴらに使えるようになって、しばらく経った——ある日。

「今から奈落の森に行くんだ。ティアも行かないかい？」

と、兄様から話を切り出された。

「ついていっても、いいんでしゅか!?　じぇひ！」

即答する。

今の私は、さぞ目が輝いていただろう。

私がこうなるのも仕方がない。

この歳になるまで、屋敷の外にろくに出してもらえなかったのだ。

もちろん、外には魔物がたくさんいて危ないからと納得していたけど……だからといって、外の世界に興味がなかったわけではない。

「でも、いきなりどうちて？」

「ティアも三歳になって、結構経っただろ？　だからもっと外の世界を学ばせるべきだと思って」

と兄様は優しげな笑みを浮かべる。

なにか他にも理由がありそうだけど……問いただしても、やっぱりなしにされても困る。お口にチャックしておこう。

「もちろん、君が嫌じゃなかったら……だけどね」

「そんなことないでしゅ！　私、行きたいでしゅ！」

「よかった。でも、今度から外に出たいと思ったら、自分からちゃんと口にするんだよ？　ダメな時はダメって言うけど、なるべくティアの願いは叶えてあげたいから」

「ぜ、善処しましゅ」

とはいえ、ワガママ言ったら捨てられるかもしれないし……。

よくよく考えて、言うべきだろう。

「クリフ、頼んだぞ」

「ティアのことを守ってあげて」

お父様とお母様も心配そうだ。

でも強い兄様と一緒なんだし、きっと大丈夫！

「馬車に乗っていくよ。ティアが歩き疲れちゃうかもしれないからね」

「わかりまちた！」

「よし、行こうか」

と兄様が歩き出す前に。

「あ、ちょっと待ってくだしゃい！　準備をしましゅので！」

「準備……？　わかった」

不思議そうにしている兄様と一旦別れ、私は自室からあるものを引っ張り出してきた。

「その黒塗りの小箱はなんだい？」

「これは音楽箱でしゅ」

手のひらサイズの音楽箱。

パカっと蓋を開くと、音楽が辺りに流れた。

■♯□～■～♪　～～♯＊■～♪

ん～、我ながら可愛らしい曲調だ。癒やされる。

「私の考えた、さいきょーに可愛い曲でしゅ。いかがでしゅか？」

作曲なんてできないけど、大体のイメージを頭に浮かべながら音楽箱を作ると、自然によい曲になった。

私、もしかして作曲センスもある⁉

「「「…………」」」

「あれ？　どうして三人とも、黙ってるんでしゅか？」

「う、うん、可愛いよ！　ティアの可愛さが詰まったような曲調だ！　素晴らしい！」

手放しで賞賛してくれる。

ふふんっ、ここまで褒められると気分がよくなるというものだ。

「曲はこれだけじゃないですよ。曲を切り替えることもできるんでしゅ」

音楽箱を操作し、二曲目を流そうとした。

だが。

「……あれ？」

おかしいな。二曲目が流れない。朝試した時は上手くできたのに……故障した？

錬金術ですぐに修理しようとするが、音楽箱が直ることはなかった。

「ごめんなしゃい。不具合が起こりまちた……」

「謝る必要なんてないぞ」

「そうよ。錬金術を使うのが、まだ慣れてないってことなんでしょ」

謝ると、お父様とお母様がそうフォローを入れてくれた。

「じゃあティアがせっかく作ってくれたんだし、この音楽を流しながら行こうか」

「はい、でしゅ！　そのために作ってきまちたから！」

出発する前から、私の胸は期待でドキドキしていた。

「ドライブ～♪　ドライブ～♪」

音楽のリズムに乗せながら、私は鼻歌を口ずさむ。

屋根付きの馬車は二人乗りで、周囲の風景を楽しめるタイプだ。観光馬車？　っていうのかな。もちろん観光目的とは、ちょっと違うけどね。

「ドライブ……？　ってのはどういう意味なんだい？」

「こっちの話でしゅ！」

怪訝そうな顔をする兄様に、私はそう答えた。

あらためて馬車に揺られながら、周囲の風景に目を向ける。

生い茂る木々と、緑の草花。

耳を澄ませると、動物らしき者たちの足音。そして鳥の高い鳴き声のようなものが、耳にキーンと響いてくる。

まあ全部、魔物の足音や鳴き声らしくて……途中で何度か遭遇したけど、兄様が難なく倒してくれた。

やっぱり、兄様はすごい……私も頑張らなくっちゃ！

「さて——日も落ちてきそうだね。そろそろ屋敷に帰ろうか」

「わかりまちた！」

本当はもっとドライブを楽しみたいけど、ワガママを言って兄様を困らせてはいけない。

だからそう返事をすると、「ティアはお利口だね」と兄様は私の頭を撫でてくれた。

「念押ししておくけど、僕から離れちゃいけないよ——ん……？」

優しい表情をしていた兄様だったが、一転——真剣な目つきになって、馬車を停止させる。

どうしたのかな——と思うのも束の間、周囲に濃い霧が立ち込めてきた。

「な、なにが起こっているんでしゅか？」

「どうやら魔物みたいだ」

魔物？

どこにもいないと思うけど……。

「大丈夫、僕が倒してあげるから。ティアは馬車から出ないでね」

疑問に思っていると、兄様は剣を手に取り馬車から降りてしまった。

すると、私の疑問はすぐに解消される。

立ち込めている霧が徐々に形をなし、一斉に兄様に襲いかかったのだ。

「やっぱり、ミストゴーストだったか」

兄様はそう言って、剣を振るう。

剣が当たると、霧は散り散りになった。

「ミストゴースト？」

「アンデッド系の魔物だよ。攻撃性は少ないんだけど、この魔物の厄介なところは……」

と兄様が言葉を続けようとすると——散り散りになった霧が再び集まって、私たちの前に立ち塞がった。

「斬っても斬っても、こうして再生しちゃうんだ」

え！　そんな魔物が……。

さらにこうしている間にも、形を成す霧はどんどん増えていく。

「剣が悪いんじゃ？　それって、私が作った剣でしゅよね？」

兄様が持つ剣に視線を移すと、鞘口に髑髏の飾りが付いていた。こんな剣じゃ、ミストゴーストを倒せるわけがない。

「そういうわけじゃないんだけど……いくらティアの作った剣でも、実体のないものは完全に斬れないってことか」

だけど、兄様は奥歯にものが挟まったような言い方で、そう答えた。

実体のないもの――なるほど。私の剣うんぬんではなく、そもそも剣はミストゴーストと相性が悪いことが原因なようだ。

「これだけ数が多いと、倒すにも時間がかかりそうだ」

続けて、顔を歪める兄様。

どうすればいいんだろう……私も手伝った方がいいのかな？

……いや待て待て。私が行ってどうする。兄様の足を引っ張るだけだ。でもやっぱり、なにかした方がいい？

自問自答を繰り返し、あたふたしていると――。

■♯□～■～♪　～～♯＊■～♪

私の意思に応えるように。

ドライブのＢＧＭ代わりに流していた音楽の音量が上がり、森を包んだ。

「え……？」

最初に違和感に気付いたのは兄様。

辺りに立ち込めていた霧が、徐々に晴れていったのだ。

そして完全になくなり、先ほどまでの森の風景に戻った。

「ミストゴースト……いなくなりまちた？」

「う、うん」

兄様も戸惑っている様子。

「意外と呆気なかったでしゅね。兄様、すごいでしゅ！　きっと――兄様の覇気で、魔物が怯んで逃げてったんでしゅよ！」

「いや、そんなはずが……もしかして、またティアが作ったアイテムに原因が？　よくよく考えたら、ミストゴーストが浄化されそうな音楽だったし……」

ぶつぶつと兄様がなにか呟いているけど、よく聞こえなかった。

「立っているだけでミストゴーストを倒す……って、兄様はもう達人の域でしゅね！」

「そうじゃないと思うけど……今のところは、ありがとうと言っておこうか」

と――何故だか、兄様は腑に落ちない表情だった。


ミストゴーストを追い払い、あらためて兄様は辺りを眺める。

「ミストゴーストの影響で森が汚染されているね……」

「汚染って？」

「ミストゴーストって魔物はね、周囲に瘴気を振り撒くんだ。瘴気は人間や動物にも悪影響を及ぼすけど……植物も瘴気に汚染されると枯れ、土は荒れ果てる。しばらく草木が生えてこない、不毛の大地になるんだ」

確かに……辺りをよく観察すると、緑色だった植物がその輝きを失っている。

水をやらずにしばらく放置していた花が、こんな感じになることを思い出した。

「なんとかならないんでしゅか？」

「そうだね……瘴気を浄化できればいいんだけど、そのためには魔法や高価な薬品を使わなければならないんだ。今のところは打つ手なしだし、屋敷に帰るしかないかな」

なんでもできると思ってた兄様でも、できないことがあるなんて……。

魔物がいるとはいえ、ここは自然豊かな森だった。それが失われるのは惜しい気がする。

私に浄化魔法が使えたら、よかったんだけど――。

■♯□～■～♪　～～♯＊■～♪

と、考えていると。

音楽箱から流れる音楽が、さらにボリュームを上げた。

まるで先ほどの時のように、私の「なんとかしたい！」という気持ちに呼応したかのよう。

「え、これは……っ！」

兄様が目を見開き、声を漏らす。

黄土色になっていた森の草木が、緑色の輝きを取り戻し始めた。

「もしかして……これって、浄化されてる……ってことでしゅか？」

「信じられないけど、そうみたいだ」

「でも、いきなりどうちて……」

「それは僕にもわからな──いや、待てよ。そうか、わかったぞ」

不思議に思っていると、兄様はなにか合点がいったのか、こう続ける。

「やっぱり、ティア──君のその音楽箱のおかげだよ」

「音楽箱のおかげ？　でも、音楽を流してるだけでしゅよ？」

そう問いかけると、兄様は「しまった」と言わんばかりの表情に変わる。

しかしそれは一瞬だけで。

「う、うん。ほら、あれだよ。人間でも癒やしの音楽を聴けば、リラックス効果があるだろう？　それが今、植物に対しても起こっている……ってことなんだ」

なんと！

浄化せずとも、そんな効果があっただなんて……。

たまたまとはいえ、私の錬金術が少しでも役に立ったと思ったら、気持ちが楽になった。

「よかったでしゅ——ん？」

言葉を続けようとすると、少し離れた地面の上でなにかが横たわっているのが見えた。

「あれはなんでしょうか……」

「ティア、危ないよ！」

兄様の制止を聞かず馬車から降り、私はそれに歩み寄る。

すると具合が悪そうに倒れている、一羽の鳥を見つけた。

鳥にしては丸みを帯びたフォルムに、可愛らしい嘴（くちばし）。

「野生のフクロウ……しゃん？」

見た目は完全にそれそのもの。

本物のフクロウを見たのは初めてかもしれない。

「ふう、なにかと思ったら……でも、弱ってるみたいだね」

後ろから兄様も追いついてきて、フクロウを観察する。

私のイメージの中にあるフクロウは、もっともふもふしている。

しかし目の前のフクロウは、全体的に黒く濡れているようで、不気味な光を宿していた。

苦しそうに息をしているし、いつ生命の灯火が消えてもおかしくないように感じた。

「ど、どうしゅればいいんでしょうか、兄様。このまま見捨てたくないでしゅ」

「きっとミストゴーストの瘴気にやられたんだろうね。だから、浄化すれば治せるかもしれないけど——あ！」

そこで兄様がなにか思い当たる。

「さっきと同じように、音楽を聴かせてみようよ。ティア——音楽箱をフクロウに近付けてみて」

「は、はい！」

私はすぐに馬車のところまで戻り、音楽箱を手に取る。そして音楽が流れっぱなしの音楽箱をフクロウに近付けた。

今度も上手くいくかな——そう思っていると、フクロウの体が白い光に包まれる！

「こ、これ、大丈夫なんでしゅか⁉」

「うん、予想通りだよ。もう少しで……」

突然の変化に慌てていると、やがて光の輝きは収まっていった。

すると、先ほどまで黒ずんでいた体が嘘のように——もふもふした白い毛並みに変わっており、フクロウがパッチリと目を開けた。

「ほ……ほ、ほほーっ！」

続けてフクロウは歓喜するように鳴き声を上げて、両翼をはばたかせる。

私の周りを生き生きとして飛び、旋回し始めた。

「さすがだよ、ティア！　やっぱり君が作る音楽は素晴らしい！」

兄様も私を褒めてくれる。

ちょっと照れるな……と思っていたら、飛んでいたフクロウが私の肩に止まった。

フクロウにしては少し小ぶりな体格なので、サイズ感もピッタリだし重さも感じない。

そのまま私の顔に、すりすりと体を擦り付けてくるフクロウ。

愛くるしいまんまるな瞳がチャーミングだった。

「きっとそのフクロウ、ティアにお礼を言ってるんだよ」

「ほーっ！　ほーっ！」

返事をするように、フクロウが高く鳴く。

「フクロウしゃん、礼にはおよびませんよ。あなたはもう自由でしゅ。仲間のところに帰って、大丈夫でしゅよ」

丸い体を撫でながらそう告げるが、フクロウは飛び立とうとせず、私の肩に止まったままだった。

「……離れようとしましぇん」

「ティアに懐いたのかな？　君は僕たちだけではなく、動物にも好かれるんだね。無理やり追い払うのもあれだし……どうしようか」

「だったら、一度屋敷で保護しましぇんか？　もしフクロウしゃんが離れないなら、ペットとして飼うのも方法のひとつだと思うんでしゅ」

今まで――前世を含め、犬や猫などのペットを飼ったことがない。

だけど昔から可愛いペットと暮らすのが夢だった。

それが叶えられる時が目前となり、俄然テンションが上がってきた。

「うーん……」

しかし兄様はノリ気じゃなさそうだ。

「ダメでしゅか？　ダメなら、無理にとは言いましぇんが……」

「僕はいいと思うよ。一時的に保護するのも賛成だ。だけどペットにすることに関しては、父上と母上がなんて言うことやら……と思ってさ」

ペットを飼うことを反対されるかも……ってことかな？

もしかしたら、お父様とお母様は動物が嫌いなのかもしれない。

「諦めるしかないんでしゅか……」

「可愛いティアのお願いだったら、ふたりも断れないと思うけど……事情が事情だしね。その子、本当にフクロウか、わからないし」

「フクロウじゃないんでしゅか？」

「ここで、魔物以外の生き物を見るのは初めてなんだ。小さい虫とかは別だけどね。だから……その子もフクロウじゃないかもしれないと思ってさ」

うーん……どう見てもフクロウにしか思えないけど、兄様はそうじゃないみたいだ。

「まあとにかく、屋敷に連れて帰るのは賛成だよ。細かいことは、父上と母上と話してから考えよう」

「はい、でしゅ！」

お父様とお母様のふたりを説得するのは、骨が折れるかもしれないけど……せっかく、もふもふペットを飼えるチャンスなのだ。

このチャンス、逃してたまるものか。

「それなら、いつまでもフクロウしゃんって呼ぶのも、味気ないでしゅね」

なにか名前があれば……。

そうだ。

「フーちゃん……っていうのは、どうでしょう？　フーちゃんって呼んでもいいでしゅか？」

「ほほーっ！」

名前を呼ぶと、フクロウ――フーちゃんが一際（ひときわ）高く鳴いた。

どうやら気に入ってくれたみたい……で、いいんだよね？

「じゃあティア、フーちゃんと一緒に帰ろうか。あまり長居していると、また魔物が来るかもしれないから」

「わかりまちた！」

「ただいまでしゅ！」

それからは特に魔物に遭遇することもなく、屋敷まで帰ってくることができた。

屋敷の前ではお父様とお母様が既に待ち構えており、私が馬車から降りると、ふたりが駆け寄ってくる。

「ティア！　どうだった？」

「怖くなかった？」

「ぜんぜん！」

どうやらふたりとも心配して、私たちの帰りを待っていてくれたらしい。

「クリフも大丈夫だったか？」

「ええ。途中でミストゴーストの群れに遭遇しましたが、ティアのおかげもあって無事でした」

「そうか。ティアのおかげ……ってことは、その音楽箱が理由か？　ローラに鑑定してもらうか」

「お願いします。ですがその前にひとつ、父上と母上に見てほしいものがあって……」

「ほほーっ！」

兄様が言葉を続けようとした瞬間、馬車からフクロウのフーちゃんが元気よく飛び出した。

「あっ、フーちゃん！　ダメでしょ。合図するまで、待機しててって言ったのに！」

私の肩に止まったフーちゃんを、軽く注意する。

「フーちゃん？　見た目はフクロウに見えるが……」

お父様が首をかしげる。

「森の中で見つけました。ミストゴーストの瘴気にやられて具合が悪そうでしたが、ティアの音楽箱のおかげで浄化されて……彼女に懐いて、ここまで連れて帰ったというわけです」

「そ、そうだったか。しかし森にフクロウ？　あそこには魔物しかいないはずだが……」

お父様も兄様と同じことを言っている。

「………」

一方、お母様はフーちゃんをじーっと観察していた。

「ねえ、あなたちょっと……」

「ん？」

お母様とお父様が私に背を向け、コソコソと話を始める。

「あれ――フクロウじゃない――クス――」

「な、なんだと？　だったら――できない」

なにを話しているんだろうか？

疑問に思ったけど――やがて、

「ねえ、ティア。その子、どうしたいと思っているの?」

お母様が優しく、私に問いかけた。

「それは……」

「その子はティアに懐いています。飼ってみるのはどうでしょうか?」

反対されるかも――と思い尻込みしていると、兄様が代わりに答えてくれた。

「ティアもその子を飼いたいの?」

「は、はい、でしゅ……」

おどおどしながら頷くと、一転してお母様の眼差しが真剣なものになる。

ゆっくりと膝を曲げ、私と視線を合わせた。

「ティア――私はなるべく、あなたの希望を叶えたいと思っているの。だけど……今回はダメ。

その子は、うちで飼えないわ」

「お母様は動物嫌いなんでしゅか?」

「そうじゃないわ。むしろ、好きなくらいよ」

「だったら……」

「とにかくダメ。ティア、わかってちょうだい?」

断固として首を縦に振らないお母様。

好きなのに飼えない……って、別の事情があるんだろうか?

だけど、どう説得しても覆せない圧を感じた。

万事休す――そう思っていると、

「た、大変です！」

屋敷の使用人さんのひとりが慌てた様子で、私たちに駆け寄ってきた。

「どうした？」

お父様が鋭い視線を向け、使用人さんに問う。

「は、はい。魔物が屋敷の敷地内に入り込んできました。屋敷の裏庭の方からです！」

「わかった。じゃあ、俺が対応する。ティアは屋敷の中に隠れておきなさい。そのフ・ク・ロ・ウのことは後で話をしよう」

一転して、場は緊張で張り詰める。

「おそらく、奈落の森でミストゴーストを倒し、魔物たちの警戒が高まったせいでしょうか。父上、僕も行きます」

兄様も剣を手に取り、お父様の隣に立つ。

魔物は怖いけど……なにもこれが初めてではない。今までもたまに、屋敷の敷地内には魔物が入り込んでいた。

だからお父様も冷静に対応しようとしているし、私も比較的落ち着いていた。

しかし。

「ほーっ！」

フーちゃんはそうじゃなかったのか——鳴き声を上げて、裏庭の方角へ飛び去ってしまった。

「フーちゃん、どこに行くんでしゅか!?　そっちは危ないでしゅ！」

呼び止めるが、フーちゃんは一瞬私の方を振り返っただけで、止まらなかった。

「ダメでしゅ！　フーちゃんは弱いんでしゅから！　怪我をしちゃいましゅ！」

「お、おい、ティア！　お前もどこに行く!?　魔物はお父さんたちに任せておきなさい！」

反射的にフーちゃんが飛んでいった方へ駆け出すと、その後を慌ててお父様たちも追いかけてきた。


やがて屋敷の裏庭まで辿り着くと、猪のような姿をした魔物が鼻息を荒くして、今にもフーちゃんに襲いかかろうとしていた。

数は十体ほど。

全員、目が血走っており、とても興奮していた。

そしてフーちゃんが——その魔物たちの前に立ち塞がっていた。

「フーちゃん！」

「ティア！　これ以上はダメだ。危ない！」

すぐにフーちゃんに駆け寄ろうとするが、お父様に肩を掴まれ止められる。

一方、フーちゃんは逃げようとすらしていなかった。

もしかして……後ろに私がいるから？

ここで引き下がれば、私に危害が加わると思っているのだろうか。

そんな疑問が渦巻く中、兄様とお父様がフーちゃんを助けにいくよりも早く、猪型の魔物が一斉に地面を蹴った。

魔物は一直線にフーちゃんに襲いかかる。

起こるであろう惨劇に、私は目を手で覆ってしまう。

だがその時、指の隙間をすり抜けるかのように、赤い光が目に入った。

フーちゃんの体が炎で包まれていたのだ。

一瞬、魔物の攻撃をくらった……？　と思いかけるけど、フーちゃんは熱がってなさそう。

高い鳴き声を上げ、炎に包まれたままフーちゃんは魔物の群れに体当たりし、魔物たちを焼き払う――。

「一体なにが……」

私――だけではなくお父様とお母様、兄様も混乱している中、当のフーちゃんはこちらに誇らしげな顔を向けた。

地面には丸焦げになった魔物が転がっている。

もう動きそうにない。猪の丸焼きの完成だ。

お父様を振り払って、私はすぐさまフーちゃんに駆け寄る。

「大丈夫でしゅか⁉」

先ほどまでフーちゃんの体を包んでいた炎は、すっかり消えていた。


「ち、父上、これはどういうことですか？」

「お前には後で説明しようと思っていたが――間違いない。あいつはただのフクロウじゃねぇよ。見てみろ。魔物は丸焦げになったのに、周囲には延焼していない。邪悪なものを払う聖なる炎でしか有り得ない現象だ」


私がフーちゃんを労（ねぎら）っていると、後ろでお父様と兄様の話している声が聞こえてきた。

さすがにこれを見せられたら、鈍い私だってわかる。

フーちゃんが――ただのフクロウじゃないってこと。

だったらなんだという話ではあるが、異世界特有の鳥なのかもしれない。

炎鳥？　フレイムバード？　とか。

そんな鳥がいるのかは、わからないけどね。

「やっぱり、こうなったのね」

フーちゃんの身を心配していると、いつの間にか隣にはお母様が立っていた。

「ティア、怪我はない？」

「はい！　フーちゃんが守ってくれましたから！　私のことよりフーちゃんは……」

「大丈夫よ。フーちゃんは、こんな魔物なんかに負けないから。そうよね？　フーちゃん」

お母様が名前を呼ぶと、フーちゃんは当然と言わんばかりに目をキリッとさせた。

もっとも、愛くるしい瞳であることには変わりないので、私の勘違いかもしれないが。

「ティアを守ってくれたのね。ありがとう」

お母様は聖母のような笑みを浮かべて、フーちゃんの頭を撫でた。

フーちゃんも気持ちよさそうだ。

「……で、どうする？　やっぱり、そいつ――フーちゃんを追い返すか？」

お母様にそう質問するお父様。

「そうね……私は最初、フーちゃんの居場所はここじゃないと思っていた。だけどフーちゃんはティアを守ろうとした。だったら、私たちと同じよ」

「だな。フーちゃんはもう、俺たちの家族だ」

「僕も父上と母上に同意です」

気付くと三人とも、みんな微笑みながらフーちゃんを見ていた。

「じゃあ、この子を――」

「ええ、飼ってもいいわよ。でも、ちゃんとティアもフ・ク・ロ・ウの世話をするのよ。動物を飼うってのは責任が伴うんだから」

「はい、でしゅ！」

フーちゃんの正体はわからずじまい。

だけど……今は難しいことを考えないでおこう。

お母様たちが言ってくれないってことは、なにか理由があるんだろうしね。

「これからよろしくね！　フーちゃん！」

「ほーっ！　ほーっ！」

小さな体を優しくよしよしすると、フーちゃんは一際嬉しそうに鳴いた。

【ＳＩＤＥ：ローラ】

夜。

ベッドで横になる前に、私はひとりで今日のことを思い出していた。

ティアたちが奈落の森で見つけた、フクロウらしき生き物。

そのフクロウは、ティアの音楽箱のおかげで助かったらしい。

彼女が錬金術で作ったと言っていた音楽箱は、お世辞にも可愛い見た目ではなかった。

黒塗りの小箱は禍々しいものが封印されていそうだし、流れる音楽も神秘的なもの。

寺院とかで流れてそう。

……まあ、ティアは可愛いと信じ込んでいるみたいだし、そんな感想を伝えるわけにはいかないけどね。

後から鑑定してわかったけど、ティアの作ったちょっとヘンテコな音楽箱には、やはり特別な力が眠っていた。

瘴気を浄化する音楽を流す——差し詰め、浄化の音楽箱といったところかしら。

先日の髑髏の魔剣はまぐれではなかった。

ティアが持つ錬金術の力が規格外なものであることを、さらに強く確信する。

あっ、そうそう……今はティアが助けたフクロウ（?）のことね。

社会勉強にクリフと一緒に森に送り出したけど、そんなことがあっただなんて……やっぱりうちのティアは可愛いだけではなく優しい！　自慢の娘！

しかし鑑定魔法を使うまでもなく、私はそのフクロウの正体に気が付いた。


あ、この子——聖獣だ。

……と。

聖獣は神話時代からいるとされ、膨大な魔力を持っているのが特徴。

私の知識と照らし合わせると、ティアが連れてきた子は聖獣のフェニックスかしら？

フェニックスは不死の鳥とも言われ、国によっては神の使いとして崇められている。

しかし私の知っているフェニックスはもっと大きいし、雰囲気も神々しい。常に体が聖なる炎で包まれているような生き物だ。

なのにティアが連れてきたフェニックス（？）はフクロウのような見た目をしている。

まだ幼体だからとか？　よくわからない。

ティアは飼いたがっていたみたいだけど、聖獣をペット扱いするなんて恐れ多い。

そもそも、なにを食べるのかもわからない。

だから私たちでは世話ができないと思い、ティアにこう告げた。

『ティア——私はなるべく、あなたの希望を叶えたいと思っているの。だけど……今回はダメ。その子は、うちで飼えないわ』

するとティアは見るからに、しょんぼりと肩を落とした。

ああ……心が痛い！

彼女を悲しませてしまったわ！

しかし情を捨てて、ティアがフーちゃん――と呼んでいるフェニックスを野に返そうとした。

その時、タイミングが悪いことに魔物襲来の一報を受ける。

まずはそちらを追い払わなければ――と思っていると、飛び立ったフェニックスをティアが追いかけた。


ティアが危ない！


咄嗟にそう思った私たちは、一目散に彼女たちの後を追いかける。

使用人の報告通り、屋敷の裏庭には複数の魔物が目を血走らせていた。

まずはティアを安全な場所に移動させて……と考えていたが、その心配は無用となった。

フーちゃんが体に炎を纏い、一瞬で魔物の群れを焼き払ったのだ。

やっぱり……この子はまだちっちゃいけど、立派なフェニックスなのね。

嬉しそうにフェニックスを褒めているティアを見て、私は気付かされた。


この子はティアを守ろうとしてくれた。


なのに追い返してもいいものなのか？

いや――そんなの、自分本位の考えじゃない。

『ええ、飼ってもいいわよ。でも、ちゃんとティアもフクロウの世話をするのよ。動物を飼うってのは責任が伴うんだから』

気付けば、私の口からはそんな言葉が出ていた。

……まあ、これからのことはゆっくり考えればいいだろう。

夫のウォーレスほどではないが、私もそれなりに楽観的な性格をしているのだ。

それに——ペットを飼うことは、ティアにとってもよい経験になる。

そう自分に言い聞かせた。

それにしても……フェニックス——いや、フーちゃんは随分ティアに懐いている気がする。

フーちゃんとティアがはしゃいでいる姿は、可愛いと可愛いの掛け算だ。可愛いで私の周りが満たされる。

ふふふ、ティアに懐くなんてフーちゃんもお目が高いじゃない。

聖獣に懐かれるティアもすごい。

何故なら、聖獣は清き心の持ち主にしか懐かないと言われるからだ。

いくら助けられた恩義があろうとも、その大原則は変わらないだろう。

ティアはフーちゃんのことをフクロウと思い込んでいるみたいだから、まだ内緒にしておこうかしら？

聖獣フェニックスだと知ったら、ティアもフーちゃんを無邪気に可愛がれなくなるかもしれないからね。

ともあれ――一件落着。

「だけど……フーちゃん――フェニックスが瘴気で具合が悪くなっていたことは、気になるわね」

本来、フェニックスの力はすさまじいものだ。

いくら幼体だったとしても、たかがミストゴーストなんかにやられるとは思えない。

ならば考えられることは、ひとつ。

「元々、フーちゃんはなんらかの理由があって、本来の力を発揮できなかった」

それがティアの浄化の音楽箱によって解除され、元の力を取り戻したのだろう。

なんでそんなことになっているんだろう?

今はまだわからない。

「嫌な予感がするわね」

私の呟き声は、誰にも聞かれることなく消えていった。

# 閑話　ひとりの少女が死んだ後の世界の話

「こんなはずじゃなかったのよ……」

目を瞑ると、あの子が呪詛を吐く幻聴が聴こえる。

『ねえ、お母さん。どうして私を殺したの？　私、悪い子だった？』


言い訳しようにも、あの子はもうこの世にいない。

眠れないので睡眠薬の量も増えてきた。その結果、慢性的な倦怠感と頭痛に悩まされた。

あの子の父は、どこにいるかわからない。

私が「子どもができた」と告げたら、雲隠れしてしまったのだ。

まあ、捨てられたって言ったら私が惨めだから、あの子には「あなたが悪い」と嘘を伝えていたけどね。

それから私はひとりで娘を育ててきた。

育児と仕事のダブルワークをしていると、徐々に容姿も劣化していった。

髪はパサパサで、肌もボロボロ。

自分の美しさだけが誇りだったのに、それがなくなっていく恐怖。耐え難かった。

一方――私が産んだ子は、成長していくにつれて可愛くなっていった。

『あなたは醜いから、肩を狭めて生きなければならない』

そう言ったのは、娘への嫉妬だ。

私はこれからの人生楽しいことはないのに、あの子は違う。そう思うだけで、心の闇は膨らんでいった。


この子さえ、いなくなればいいのに――。


常にそう考えて、彼女が高校に進学した頃。

仕事先に来る客の伝手を使い、毒薬を入手した。

この毒薬をあの子に飲ませれば、私が感じている苦しみもなくなるだろう。

だから私は彼女が飲むものに毒薬を混ぜ、誕生日プレゼントだと嘘を吐いて飲ませた。

彼女が倒れた瞬間、ふと我に返る。

こんな杜撰な方法では、すぐに娘を殺した犯人が私だと露呈してしまう。

すぐに救急車を呼んだが、あの子は帰らぬ人となった。

それから、私はいつ警察が迎えに来るのだろうかと怯えるようになる。

「仕事も辞めた……お金も尽きた。胸のむかむかもなくならない。こんなはずじゃなかったのに」

どうして私だけがこんなに不幸になるんだろうか。

私は悪くない！

望んでいないのに生まれた、あの子が悪いのだ！

薄暗い部屋の中で（電気代を滞納していたので止められた）、テーブルに拳を落とす。

ピンポーン――。

不意にチャイムの音が鳴った。

「――さんのお宅ですよね。あなたにお話を伺いたくて、参りました。今すぐこのドアを開けてください」

誰だ――と疑問にも思わなかった。

警察だ。

とうとう私を捕まえに来たのである。

実の娘を殺した私には、どのような罪が科せられるのだろうか。

死刑……？　いや、ひとり殺したくらいではならないか？　なんにせよ、長い間刑務所の中で暮らすことになる。

「はあっ、はあっ……い、嫌よ。なんであの子のために、私が苦しまないといけないの。私はまだ、なにも成し遂げていない」

警察がドアを強引に開けようとする音が聞こえる。逃げられない。捕まるのは時間の問題だ。

ここで――私の視界に、あるものが映った。

粉が入った小袋。

あの子を殺すために用いた毒薬の残りだ。

「このまま生きていても、私は刑務所の中で苦しむだけ。だったら――」

導かれるように毒薬を口に含み、強引に水で流し込んだ。

すぐに意識が朦朧（もうろう）としてくる。

「ああ――」

自分の体を支えることもできなくなり、そのまま床に倒れ込んでしまった。

――どこで間違ってしまったんだろうか。

もし二度目の人生があるとするなら、今度はもっと上手く立ち回ってみせる。

『そなたの願い、この邪神が聞き届けた』

最後に。

誰なのかわからない声が、微かに聞こえた気がした。

# 第三話　骸骨騎士のぬいぐるみ

【ＳＩＤＥ：ウォーレス】

「久しぶりじゃない――ウォーレス。元気にしてた？」

冒険者ギルド内の、とある一室。

俺はそこに赴き、ひとりの女と話していた。

「なかなか忙しくてな。時間が取れなかったんだ」

と俺は適当に受け流す。

彼女の名はルシンダ。

かつては共に戦い、魔王を封印した仲間のひとりである。

すさまじい力を持った魔法使いで、今まで幾度も彼女の魔法に救われてきた。

妖艶な見た目の女性で、今も豊満な胸の谷間がチラチラと視界に映る。俺と同じくらいの年齢のはずだが、とてもそうは見えないくらいに若々しかった。

そして現在、彼女は冒険者ギルドのマスターのポジションに収まっていた。

「ヴィクターの野郎は相変わらず、ふらふらしているのか？」

「ええ、連絡も取れないわ。あいつとも久しぶりに話したいんだけどね」

ヴィクターとは、四人目の勇者パーティーの仲間である。

魔王を封印したのち、パレードにも参加せずにふらっと消えてしまったが、今頃なにをしていることやら。

このようなヴィクターの放浪癖は前々からあり、人呼んで『風来の英雄』。

道中で魔物にやられるほど柔ではないので、生きているとは思うが……それでも、心配には違いない。

「それにしても――」

部屋を見渡しながら、俺はこう話を変える。

「相変わらず、趣味の悪いもんばっか置いてやがんな」

ギルドマスターであるルシンダの部屋には、彼女が好きなものが多く置かれている。

あの壁にかけられている不気味な絵画はなんだろうか？　大衆が悲鳴を上げている光景を描いているのか？

これと似たものが部屋の至るところに飾られているのだから、頭がおかしくなりそうだ。

他にも、魔法オタクな気質もあって、こいつの自宅には世界中から掻き集めた貴重な魔導具や魔石があることを知っていた。

特に宝物庫内で保管してある魔石は、売れば豪邸が建つのだとか。

旅をしていた頃から収集癖があり、俺とローラはよく苦笑させられたものだ。

「お前んとこの使用人にも、自分の趣味を押しつけているらしいな。見た目がおどろおどろしい服を着た執事やメイドがいるだとか……」

「あら、人聞きが悪いわね。みんな、喜んで着てくれているわ」

「どうだか」

と、俺は眉をひそめる。

「……で、要件をさっさと話しなさいよ。別に世間話をしに、わざわざここに来たってわけじゃないんでしょ」

「察しがいいな。まずひとつ目は、俺の娘のことだ」

「あんたの娘……ローラが産んだ二人目の子よね。確か名前は、ティアちゃんって言ったかしら？」

「ああ」

ルシンダの問いに、俺は首を縦に振る。

「ティアに錬金術の力があることは、前にも言ったな？」

「ええ、覚えてるわ。もっとも、その時は錬金術なんてどうでもいいと言わんばかりに、ティアちゃんについて三時間ほどあんたに語られたけどね」

「ん？　ティアが可愛いのは当然だから、それくらい普通だろう？」

「あんたとローラ、自分の子どものことになると、急にバカになるんだから……まあいいわ。続けなさい」

呆れたようにルシンダは溜め息を吐き、話の続きを促す。

「ティアの錬金術だが――」

彼女に、ティアのことを説明する。

ティアが作った髑髏の魔剣、浄化の音楽箱のことを――。

するとルシンダは興味深そうに頷いて。

「なるほど……それは規格外すぎね。そんな魔導具は、私ですら見たことがないわ」

「だろう？　だから、ティアの力をもっとちゃんと把握しておきたいんだ。そこでお前にティアの魔力について調べてもらいたい」

ローラの鑑定魔法にも限界がある。

魔力や魔法に関しては、魔法使いのルシンダが一番詳しい。

「錬金術を使うにも、魔力を消費しているでしょうしね。わかったわ――私も興味がある。連れてきなさい」

「助かる」

こいつはいろいろと癖がある人間だが、元来優しい性格である。

彼女も忙しいのに、こうして俺の頼みに即答してくれるのは、ただただ有り難かった。

「話はそれだけ？」

「いや、もうひとつ――」

俺は最近、うちで飼ったペ・ッ・ト・について話す。

フェニックスのフーちゃんのことだ。

「フェニックスが……か。ローラの言うことだから、間違いないはずね」

「まあな。だが、フェニックスがミストゴーストごときに後れを取ると思うか？　俺とローラは、フェニックスが本来の力を発揮できなかったと考えている」

「でしょうね。でも……だとしたら、どうして？　っていう疑問も残るわ。何者かによって、力を抑えられていたのかしら？」

「そうだとしても、良心からくるものだったら、まだいいけどな。しかし――悪意からくるものとなると、話が違ってくる。なにか心当たりはないか？」

「うーん」

ルシンダは唇に人差し指を当てる。

これは彼女が考えている時の仕草だ。

そしてゆっくりと口を開き。

「ひとつ、心当たりがあるわ」

「本当か⁉　それは一体――」

「モンゴメリ……って名前に聞き覚えがある？」

ルシンダからその名前を聞き、俺は思わず不快で顔を歪めてしまった。

「もちろんだ。モンゴメリ公爵家――由緒正しく、伝統ある貴族様だったよな」

その関係で新興貴族である俺は、何度か因縁を付けられたことがある。

始まりは、国王陛下との晩餐会の時だろうか。国中の高位の貴族が集められ、陛下と国の未来について話し合った機会があった。

その際、妙に俺は陛下に気に入られ、話の中心となってしまった。それがモンゴメリ家の当主は気に入らなかったらしく、顰めっ面をしていたのを今でも覚えている。

さらに、俺は一応元勇者って肩書きだから、それなりに国民からの人気が高いことも自覚している。しかし陰険で華がないモンゴメリ家は別で、嫌われることが多かった。

他にも、因縁を付けられた覚えは数え切れない。

俺はどうでもいいんだが、傍から見て、『伝統ある貴族であるモンゴメリ家が新興貴族よりも劣る』という図式ができ上がってるみたいだ。

そのことを、モンゴメリ家はなによりも屈辱に思っているんだろう。

今まで、何度か陰湿な嫌がらせも受けていたが……俺もまともに対応するほど暇ではないので、適当に流していた。

「最近では怪しげな研究に手を染めているらしいな。なんでも魔物を捕らえたり、魔石を開発しているだとか……」

人によっては眉をひそめる研究ではあるが、それ自体は咎められることではない。

俺たち人間が魔物と上手く付き合っていくため、魔物の研究は必須だからだ。

そして魔石も人々の暮らしや、戦いの質を向上させる効果がある。一概にダメとは言えない事情があった。

「その通りよ。最近では、魔物を召喚し、自分の思うがままに使役することができる魔石も開発したそうね」

諸説あるが、魔物はここととは違う次元——魔界から生まれたといわれている。

強いものほど召喚するには大きな力を使わなければならないが、魔界に干渉し、自由自在に魔物を呼び出す魔石の開発は画期的だった。

「戦争中の他国は、大金を払ってこぞって手に入れたらしいわよ」

「行儀が悪いかもしれないが、俺がどうこう言う問題じゃないな。それが一体、フーちゃんとどう繋がるんだ？」

「その実験の一環で聖獣を捕らえている——っていう噂があったのよ」

「なんだと⁉」

あまりにバカバカしいことを聞かされ、俺は思わずその場で立ち上がってしまう。

「じゃあ、実験目的のためにフーちゃんの力を抑えたってわけなのか!?　そのせいで死にそうになってたんだぞ！」

「落ち着きなさいよ。今はまだ、あくまで噂の段階よ。じゃないと、さすがになんらかの罰が与えられているでしょうから」

ルシンダに宥められるが、俺の中の怒りは収まらなかった。

「それが本当なら許されざる行為だな」

「そうね。はあ……元々評判のよくない貴族だったけど、今ほどじゃなかったんだけどねえ。およそ三年前、モンゴメリ公爵に嫁いだアンナが人が変わったようだと噂されてから、おかしくなったわ。ま、これは偶然かもしれないけど」

モンゴメリ家の夫人であるアンナは、元々ルシンダと同じ魔法学校に通っていたらしい。そこでルシンダと知り合い、級友として切磋琢磨していたが……学校を卒業して以来は、一度も彼女と話したことがないのだという。

「モンゴメリ家が黒かもしれないなら、ギルドマスターの特権を使って強制捜査とかできないのか？」

「いくら私でも、そこまでは無理。相手は公爵家よ？　確固たる証拠があるならともかく、今の段階で強引な手は使えない」

ルシンダの言葉から、彼女もそれを歯痒く思っているんだろうと感じた。

「今のところは、モンゴメリ家が怪しいと頭に入れておくだけで、いいんじゃないかしら？　なんにせよ、フェニックス――フーちゃんも、あんたのところで保護されたわけだし」

「そうだな」

　話の終わりが見えかかってきたところで、俺はまとめにかかる。

「取りあえず、早急に調べなければならないのは、ティアの力だな。あと……ティアの錬金術のすごさも、フーちゃんがフェニックスなことも――ティアには内緒にしておきたい。口裏を合わせてくれ」

「わかったわ。あんたの子だから大丈夫だと思うけど、そんな幼いのに自分のすごさを自覚してしまったら、力に溺れかねないしね。ティアちゃんが来るの――楽しみにしてるわ」

「わあ～、人がいっぱいでしゅね！」

　馬車から降りて、私はそう声を発した。

「ほーっ！　ほーっ！」

　フーちゃんも馬車から飛び出して、嬉しそうに鳴く。

「おいおい、あまりはしゃぐんじゃないぞ。初めて街に来て、テンションが上がるのもわかるがな」

お父様もそう言って、頭を掻いた。

――今日は大好きなお父様と一緒に、街まで初めてのお出かけ！

なんでも私に会わせたい人がいるらしい。

昔、お父様がお世話になった人と言ってたけど……どんな人かな？

まあなんにせよ、初めて街に足を踏み入れるわけだ。

昨日は楽しみすぎて、よく眠れなかった。

「俺から離れるんじゃないぞ。ティアは可愛いから、誘拐されちまうかもしれないからな」

「わかりまちた！　あ、でもその前に……」

いけない、いけない。テンションが上がりすぎて、忘れるところだった。

「この子も一緒に行きましゅ！」

と馬車に戻り、私はあるものを取り出した。

それは――ひとつのぬいぐるみ。

「ここに来るまでも大切そうに抱えていたが……か、可愛いぬいぐるみだな」

少し言葉に詰まったのは気になったけど、お父様もぬいぐるみを褒めてくれた。

このぬいぐるみ、私が昨日のうちに錬金術で作ったものである。

テーマは……ずばり骸骨騎士！

剣を握る二頭身の骸骨さんは愛おしく、見ているだけで嬉しくなってくる。

この前、兄様にプレゼントした髑髏の剣も傑作だと思ったけど、可愛さではこっちの方が上かもしれない。

「おい、あのヘンテコなぬいぐるみはなんだ？」

「骸骨……？　どうしてあんなものを子どもが嬉しそうに持ってるんだ」

「センスが悪いのかもしれないな。せっかく可愛い顔をしてるのに、あれじゃあ将来が不安だぜ」

骸骨騎士のぬいぐるみを抱える私を、ふたりの男がチラチラと見て小声で話をしている。

「ちっ……あいつら、俺の可愛い娘に好き勝手言いやがって！　ちょっと教育してや――」

それを見て、お父様は腕まくりをしながら一歩を踏み出す。

「ダメでしゅって！　お父様！」

「だ、だが……」

「あの人たちには、このぬいぐるみの可愛さがわからないんでしゅ。センスが合わないからといって、いちいち文句を言ってちゃキリがありましぇん」

そもそも彼らは成人しているっぽいし、そんな男性がぬいぐるみを「可愛い」と思わないのは、さほど変じゃないしね。

「……そうだな。すまん、ティア。お父さん、頭に血が上ってたみたいだ。ティアのおかげで冷静になれたよ」

「いえいえ！」

お父様を安心させるように、にぱーっと笑顔を作る。

だけどお父様はまだ納得がいっていなかったのか、話をしていた男たちをギロッと睨む。

その気迫に押され、彼らはそそくさといなくなってしまった。

「それにしても、あいつら。どっかで見たことあるような？　冒険者だった気もするが……」

「お父様？」

「いや──なんでもない。俺が覚えてないってことは、大した連中じゃなかったんだろう」

と首を横に振って、お父様は私の手を握った。

「よし……ティアに会わせたい人は冒険者ギルドにいる。行くか」

「はい、でしゅ！」

どんな人かなあ？　優しい人だといいけど……。

不安と期待が入り交じる中、私たちは冒険者ギルドに向かうのであった。

冒険者ギルドに到着。

中に入り、受け付けテーブルの前まで行くと、受け付けのお姉さんがパッと表情を明るくした。

「あ、ウォーレスさん！　こんにちは！」

「おう」

それに対して、お父様は軽く手を挙げて応える。

「ウォーレスさん……その隣の子は誰ですか？」

「ああ、これは俺の子どもだ。名前はティア。三歳になったし、これからいっぱい社会勉強をさせようと思ってな」

私を紹介するお父様は、ちょっと誇らしげであった。

「そうだったんですね！　ティアちゃん、初めまして」

「ひゃ、ひゃい……ひゃじめまちて、でしゅ」

おうちの人以外と喋るのは慣れていないので、いつもより噛み噛みになってしまった。

「〜〜〜〜〜！」

恥ずかしくなって、手で顔を隠す。

「可愛い！」

だけどそんな私の仕草も、お姉さん的には気に入ったようだ。

「社会勉強……ってことは、この場所についてティアちゃんに説明しましょうか？」

「そうだな、頼む。俺はその間にルシンダを呼びに行ってくるよ。奥の通路、入るぜ」

お父様はそう言い残し、私の前から消えてしまった。

ルシンダさん……それが今日、お父様が私に会わせたい人なんだろうか。

「ティアちゃん、じゃあ説明するね」

考えていると、受け付けのお姉さんが優しい声音で説明を始める。

「ここは冒険者ギルド。冒険者たちに仕事を斡旋する場所ね。冒険者っていうのは街のお掃除から、魔物の退治まで幅広く仕事をこなす人たちなの。ここまではわかる？」

「な、なんとなく……」

それから続けて――受け付けのお姉さんがこの場所について、懇切丁寧に教えてくれた。

「わからないところ、あった？」

「いえ、今のところありましぇん」

「ティアちゃんはお利口ね。あなたくらいの歳だったら、私の言ってることを理解できなくても変じゃないのに」

感心するお姉さん。

「あ、そういえばこのギルドの長――ギルドマスターについて説明するのを忘れていたわね。その方は――」

お姉さんがさらに説明を続けようとすると、

「ティアちゃん――冒険者ギルドへようこそ」

ひとりの女性が、奥の方からこちらへ歩いてきた。

堂々としたその姿は、まるでファッションショーのランウェイを歩くモデルのようだった。

その後ろから、お父様もついてきている。

「お父様――この人が、私に紹介したいって言ってた人でしゅか？」

「そうだ。こいつは――」

お父様が喋りだそうとすると、派手なお姉さんはそれを手で制した。

「私から言うわ――初めまして、私はルシンダっていうの。あなたのお父さんの友達で、ギルドマスターをしているわ」

「ル、ルシンダさん、初めまして。私はティアでしゅ」

ルシンダさんはとてもキレイで、大人の女性って感じ。

彼女の立ち振る舞いひとつひとつが、どことなくセクシーだった。

「よく挨拶できたな。偉いぞ」

私とルシンダさんのやり取りを、お父様が微笑ましそうに眺めていた。

「フーちゃんも、挨拶しましょうね」

「ほーっ！」

「ああ……ウォーレスから聞いてるわ。最近、ティアちゃんの家で飼っているペットよね？」

「はい、でしゅ！」

と、私の肩に止まっているフーちゃんと共に、首を縦に振る。

「それで……気になってたけど、ティアちゃん。そのさっきから抱いている、ぬいぐるみはなにかしら？」

次にルシンダさんの興味が、骸骨騎士のぬいぐるみに移った。

「私が錬金術で作った、ぬいぐるみなんでしゅ。骸骨騎士さんでしゅ」

「へえ～、そうなのね。錬金術のこともウォーレスから聞いてたけど、予想以上によくできてるわ」

うずうずとしているルシンダさん。

「よかったら、ルシンダさんも抱いてみましゅか？」

「いいの⁉」

目を輝かせるルシンダさん。

私が頷き、ルシンダさんに骸骨騎士のぬいぐるみを渡すと、彼女はそれにまじまじと顔を近付けた。

「う～ん！　手触りもいいわねえ！　それにこの、リアルなフォルムも最高だわ！　今にも動き出しそう！　本当にティアちゃんが作ったのね？」

「そうでしゅ！」

「天才じゃない！　気に入ったわ。とっても可愛い」

ふふふ、これを気に入るとはルシンダさんもお目が高い。

やはり、街の入り口で会った男の人たちとは、単純にセンスが合わなかっただけなのだ。

「見れば見るほど、よくできてるわ。ねえ――ティアちゃん。これはなるべく肌身離さず、持っておきなさいよ？　きっと骸骨騎士があなたを守ってくれるから」

そう言って、ルシンダさんは私にぬいぐるみを返してくれた。

彼女の言い回しにちょっと引っかかったが……骸骨騎士にちなんで、冗談めかして言っただけだろう。

「じゃあ自己紹介も済んだところで……ティアちゃん、私にちょっと時間をくれる？」

「いいんですが……どうしてでしゅか？」

「あなたの魔力をちょっと測らせてほしいの。そんなに時間はかからないわ。健康診断みたいなものだと思って、受けてくれないかしら？」

そういえば、私が三歳になるまで錬金術が使えなかったのも、魔力が体に定着しなかったからだとか。

今思えば——錬金術を使う際の『ぐるぐる、ばーっ』という感覚の正体も、魔力なんじゃないだろうか？

だとしたら、気になる。

「私の方こそ、お願いしたいです。あっ、どうせなのでフーちゃんの魔力も測ってもらえましゅか？」

「もちろんよ。でも、ここじゃあ騒がしいから……奥の部屋を使いましょう。ティアちゃん、行きましょうか」

こうして、私は魔力測定に臨むことになったのだ。

ルシンダさんに連れてこられた部屋に入ると、可愛い置き物や絵画に、目を奪われた。

「わー！　しゅごい！」

「ふふっ、あなたは私のコレクションたちのよさがわかるのね。ウォーレスとは違うわ」

とルシンダさんがチクリと言うと、お父様はばつが悪そうに顔を歪めていた。

この壁にかけられている絵画ひとつ取っても、人々の嬉々とした雰囲気が伝わってくる。お祭りの一コマを切り取ったのかな？

「おい、ルシンダ。そんなことより、さっさと魔力測定してやってくれよ」

「ごめんごめん。ティアちゃんと趣味が合うから、つい嬉しくなっちゃったの。えーっと……この辺に――」

とルシンダさんは棚から、とあるものを取り出す。

手のひらサイズの水晶であった。

「それが魔力測定の道具なんでしゅか？」

「うん。今からティアちゃんには、ここに魔力を流してもらうの。そうすると水晶の色が変わって、魔力の強弱と性質がわかるってわけ」

ルシンダさんはテーブルに水晶を置いて、さらに説明を続ける。

「変わる色は赤、黄、緑、青、紫――そして黒の六色。赤が一番弱くて、黒が強い。特殊な場合はあるけど、それは滅多にないわ。ちなみに……私は黒で、ティアちゃんのお父さんは黄色だったかしら？」

「俺はお前やローラと違って、魔法はあまり得意じゃないからな」

「普通の人は一番弱い赤色になるから、それでも上出来よ。緑色にするくらいの力があれば、魔法使いとして一生食いっぱぐれないってところね」

緑色以上で人生安泰……と考えると、ルシンダさんの『黒』という判定は、相当上みたいだ。ギルドマスターもしているくらいだし、やっぱりすごい人なんだ！

「じゃあティアちゃん、早速試してくれるかしら？」

「はい。ですが……すみましぇん。魔力を流すと言われてもどうすればいいか、わからなくて……やり方を教えてもらってもいいでしゅか？」

「あら、簡単よ。ティアちゃんはそのぬいぐるみを作る時にも、錬金術を使ったのよね？」

「はい、でしゅ」

「だったら、同じようにしてみればいい。水晶に手を当てて、集中してみなさい。体の中にある水分を、外に放出する感じかしら？」

「ぐるぐる、ばーって感じでしゅか？」

「ぐるぐる、ばーっ？　――ああ、その通りよ。なんとなくだけど、もう感覚は摑んでいるのね。将来有望じゃない」

ルシンダさんは褒めてくれるけど、大した結果が期待できるとは思えない。

黄色……いやせめて、一番弱い赤色にでもいいから色が変わってくれればいいんだけどなあ。

私は半ば諦めながら、水晶に手を当てる。

「では、いきましゅ……！」

いつものぐるぐる、ばーっていう感じで水晶に魔力を流すと――。


水晶に花が咲いた。

「あれ？」

だけど、水晶の色自体は変わっていない。

「し、失敗でしゅか？」

「いえ、これは……」

ルシンダさんは目を見開き、水晶に咲いた花を見つめている。

一方、お父様は唖然としているようだった。

「……失敗じゃないわ。これがティアちゃんの魔力」

「で、でも、色が変わっていましぇん」

「そうね……なかなか見ない変化ね。でも、可愛いティアちゃんにピッタリじゃない」

と、ルシンダさんはいつの間にか手に持っていた紙に、すらすらとなにかを書き始める。

書かれてある内容がチラリと見えるが、『ティア・アルティウス　魔力測定結果：メルヘン』という文字があった。

メルヘンってどういうこと!?

なんにせよ、色すら変わらなかったのだ。

「私の魔力……弱すぎってこと？　お父様、しゅみません。ティアは落ちこぼれみたいでしゅ……」

「お、落ちこぼれ!?　どこでそんな言葉を覚えたんだ。ティアは落ちこぼれなんかじゃないぞ。

おい――ルシンダもそう思うよな？」

「ええ」

落ち込んでいる私に、ルシンダさんがそう頷く。

「言ったでしょ？　特殊な場合もある――って。ティアちゃんはそのケースだったってわけ」

「えーっと、つまり……落ち込む必要はないってことでしゅか？」

「うん。むしろ、胸を張るべきよ。魔力は訓練で量や強さを上げることはできるけど、生まれもっての質は変えられないんだから。聖獣とかならともかく、人間で特殊な魔力持ちはなかなかいないわ」

うーん……そういうものなのかな？

なんで特殊なケースになったのかは、わからないけど……元々私は神様に転生させてもらった身だ。そこんとこが関係しているのかもしれない。

「まあ、詳しくは後々調べるにしても――次はフーちゃんの番ね」

と、ルシンダさんがフーちゃんに視線を移す。

「フーちゃん、頑張って！」

「ほほっー！」

フーちゃんが私の肩から離れて、花が咲いた水晶の上に止まった。

すると――瞬く間に水晶から眩い光が発せられる。

これは……？

と思っていると、水晶がパリンと大きな音を立てて、真っ二つに割れてしまった。

「こ、壊れた!?」

その光景を目にして、お父様が驚愕の声を発する。

「もーっ、フーちゃん、壊したらダメでしょ！」

「ほ……」

軽く叱ると、フーちゃんはわかりやすいくらいに意気消沈した。

「でも……ルシンダさん、これってどういうことでしゅか？」

「……水晶が故障してたのかもね」

ルシンダさんに問いかけるが、彼女はなにかを誤魔化すようにそっけなく答えた。

とはいえ、新しく水晶を持ってきて、あらためて魔力測定を始めようともしない。

むむむ？

私とフーちゃんの魔力測定は、よくわからない結果で終わった。


魔力測定が終わって、私たちは受け付けのところまで戻ってきた。

お父様とルシンダさんは少し離れたところで、コソコソと話をしている。

「なにを話してるんでちょうねー？」

「ほー？」

フーちゃんに訊ねてみるけど、首をかしげるだけで答えは返ってこなかった。

だけど大人同士の話し合いだ。私が口を挟んでも、邪魔になるだけ。

なので、フーちゃんと一緒にふたりの話し合いが終わるのを待っていると……。

「おい！　どうして神聖なギルドに、こんな子どもがいるんだ！　いつからここは託児所になった？」


ひとりの男の子がやって来て、急に怒鳴り声を上げた。

「あなたは誰でしゅか？」

「そんなことも知らないのか？　僕はあのモンゴメリ公爵家の長男、ジェイク・モンゴメリ。お前のような、小汚い子どもとはわけが違う！」

と、バカにしたように鼻を鳴らす彼――ジェイクさん。

歳は兄様と同じくらいかな？

身に着けている装備品はどれも高そうで、堂々とした佇（たたず）まいから高貴さを感じた。

「全く――僕の仲間から変な子どもが、冒険者ギルドに向かったと聞いたから来たものの……

本当にいたのか。街の入り口だけではなく、ここでも街の品位を下げるような真似をしているとは」

と、ジェイクさんは呆れたように溜め息を吐く。

仲間――街の入り口――。

あ、もしかして、私のぬいぐるみを見て「センスが悪い」と言ってた人たちのことかな？

まさか、こんなところであの人たちの知り合いに出くわすなんて……運が悪い。

「ほーっ！　ほーっ！」

「な、なんだ、このフクロウは！　あっちいけ！」

両翼を広げ威嚇しているフーちゃんを、ジェイクさんは鬱陶しそうにしている。

ジェイクさんの払う手が、フーちゃんに当たらないかひやひやした。

「このフクロウもそうだが……お前みたいな子どもがいたら迷惑なんだ。さっさとギルド――いや、この街から出ていけ」

「でも……私はお父様の付きしょいで……」

「口答えするな！」

大きな声を出されて、ビクッと体が震えてしまう。

前世で母からぶたれたトラウマが甦ってきそうだ。

「……その顔、気に入らないな。やけにイライラする。そんなヤツには――」

ジェイクさんはそう言って、手を上げ――

「ジェイク、なにをしているのかしら。その子になんかしたら、タダじゃ済まないわよ」

――た瞬間。

ルシンダさんがやって来てジェイクさんの行動を諌めた。

「丁度いい」

すっと手を下ろすジェイクさん。

「ギルドマスター、さっさとこいつを追い出せ。僕ら――モンゴメリ家が、ギルドに多額の援助をしているのは知っているよな？　こいつなんかより、僕を優先するべきだ」

「ちっ……またこいつは屁理屈を……」

と、ルシンダさんは不快そうに顔を歪め、小さく舌打ちをする。

私に対して、優しい表情を見せていたルシンダさんが嘘のようだ。

空気がピリピリとひりつく。

だけど、私はふたりの様子より、ルシンダさんの背後で腕組みをしているお父様の方が気になった。


ゴゴゴ……っ！

お父様、すっごく怒ってる。

怒りの炎を纏っているように見えるよ……。

お父様はいつも優しいけど、怒ったら怖い。

特に私のことになると、見境がなくなる傾向がある。

ルシンダさんがそんなお父様の顔を、チラッと一瞥してから、

「はあ……ヤバいわね。このままじゃウォーレスの雷が落ちるわ」

と深い溜め息を吐いた。

「それに貴族にいい顔して、ギルドの風紀を乱すのもよくないしね。だから――警告するわ。ギルドから出るのは、あなた。もしこれ以上揉め事を起こすつもりなら、私も最終手段を取る」

彼女の言ったことに、周囲から「おおー！」と声が上がる。

周りの雰囲気から察するに、ここにいるみんな、ジェイクさんに思うところがあるみたいだ。

「そんなこと言ってもいいのか？　モンゴメリ家を敵に回すというのは、どういうことなのか――」

「あなた、さっきから自分の家のことしか言ってないわね？　家柄しか誇れるものがないのかしら？」

ルシンダさんが挑発すると、ジェイクさんの顔が怒りで赤くなる。

そんなジェイクさんを前にしても、毅然とした態度を貫くルシンダさんはカッコよかった。

「く、くそっ！　僕を誰だと思っているんだ！」

怒りのやり場を見失ったのか、ジェイクさんは再び私に視線を向ける。

「元はといえば、このガキが悪い！　お前は一体なんなんだ！」

「ご、ごめんなしゃい……」

「答えになっていないぞ。それに……さっきから抱いてる、そのヘンテコなぬいぐるみはなんだ？　気持ち悪いんだよ。こんなもの――」

「あ……」

ジェイクさんが手を伸ばし、無理やり私から骸骨騎士のぬいぐるみを取り上げる。

一瞬のことだったので、ただ見ていることしかできなかった。

「こうだ！」

「ちょ――っ！」

「てめえ！」

ルシンダさんとお父様が動き出すよりも早く、彼はぬいぐるみを床に叩きつけた。

「私の……骸骨騎士しゃん……」

怒鳴られてもちょっと怖いなと思うだけで、なんとかなった。

しかし、ぬいぐるみを雑に扱われるのは別。

床に転がっているぬいぐるみを見ていると、涙が込み上げてきた。

「ははは！　その顔だ！　そういう顔が見たかったんだ！　こんな汚いぬいぐるみ、僕が代わりに捨てといてやるよ！」

「もう――許さねえ！」

「ウォーレス！　あんたが手を出したら、ややこしいことになるわ！　抑えて――」

ジェイクさんに摑みかかろうとするお父様。

一方、それを止めようとするルシンダさん。

それらが交錯しようとする瞬間――私は信じられないものを目にする。

床に叩きつけられた骸骨騎士のぬいぐるみが、ひとりでにむくっと立ち上がったのだ。

「は？」

それにお父様も気付き、立ち止まる。

その間に立ち上がったぬいぐるみは、勢いよくジェイクさんに飛びかかった。

「むぐっ！」

顔にぬいぐるみが直撃するジェイクさん。

そのまま床に転倒してしまう。

仰向けになった彼をぬいぐるみが追いかけ、持っていた剣を何度も振り下ろした。

ボコ！　ボコ！　ボコ！

タコ殴りと言ってもいい光景だ。

「ちょ、ちょっと、ストップ！」

剣……とはいっても、もふもふのぬいぐるみだ。大したダメージはないはず。

でも、さすがに反撃しないジェイクさんが心配になり、私は彼からぬいぐるみを引き剥がした。

するとぬいぐるみも気が済んだのか、動くのをやめてくれた。

「なんで……？」

――ぬいぐるみが勝手に動き出したのか。

錬金術で知らず知らずのうちに、そういう風に作ってしまっていた？

「私を守ってくれたんでしゅか？」

ぬいぐるみに問いかけても答えはなかったし、もう動かなかった。

「な、なんで、ぬいぐるみが動くんだ……」

ボロボロになっているジェイクさん。

悲惨な姿だ。

「あいつ、ぬいぐるみなんかにやられてやがるぜ」

「いい気味だ！」

「元々、あの坊やは気に入らなかったんだよ！」


立ち上がれないジェイクさんに、他の冒険者は罵声を浴びせる。

ぬいぐるみが勝手に動いたのは謎だけど……なんにせよ、ぬいぐるみにやられるくらいだ。

この人、めっちゃ弱いのかもしれない。

「く、くそ……っ！　みんな、僕をバカにしやがって！　どうなるかわかっているんだろうな⁉」

ふらふらしながらジェイクさんは立ち上がり、剣を抜いた。

もちろん、ぬいぐるみの剣じゃない。本物の剣だ。

場に緊張感が走る。

「そこまでよ」

しかし——ジェイクさんが凶行に及ぶよりも早く、ルシンダさんが動く。

ルシンダさんが右手をかざしたと思ったら、ジェイクさんは光の縄で体を拘束されていた。

「しゅごい！」

もしかして、魔法⁉

カッコいい！

「こ、こんな縄……簡単に解いてや――」

「いい加減、諦めやがれ」

暴れるジェイクさんの頭を、お父様が素早く押さえ付ける。

床に頭を擦り付けられているジェイクさんに、ルシンダさんが歩み寄る。

「私の警告を無視したわね」

続けて、彼女はこう告げた。

「今日付けで、あなたの冒険者ライセンスを剥奪するわ」

「はあ!?　待ってくれ――」

「問答無用よ。ギルド内でのいざこざは御法度って、今まで散々言ってきたのにわかってなかったのかしら？」

「お、横暴だ！　モンゴメリ家の長男である僕に、こんなことをしていいと思っているのか!?」

「話なら、奥の部屋で聞くわ。たーっぷりとね」

ルシンダさんが顎でくいっとギルドの奥を指し示すと、他の職員さんたちがジェイクさんを連れていった。


しばらく時間が経つと、ギルドは落ち着きを取り戻していた。

もしかしたら今みたいないざこざも、ここじゃ日常茶飯事なのかもしれないね。

「ティア、大丈夫だったか?」

椅子に座って休憩している私に、お父様が優しく声をかけてくれる。

「は、はい。すみましぇん……私がうるさくしてたばっかりに」

「お前は悪くない。それよりも、ギルドで騒ぎを起こしてはいけないと考え、止めるのを躊躇してしまった俺が悪かった。すまなかった」

続けて、私の体を優しく抱きしめてくれた。

お父様はそう言ってくれているけど……初めて街に来たということもあって、ちょっとははしゃぎすぎていたかもしれない。

ジェイクさんが怒るのも無理がない話だ。

「ルシンダさん、さっき冒険者ライセンス剝奪って話が聞こえてきたんでしゅが……」

「そのままの意味よ。ジェイクはラインを越えた。ってか、ああでもしないと、ティアちゃんのお父さんが怒って暴れるかもしれないし」

「お前は、俺を猛獣かなにかだと思っているのか?」

肩をすくめるルシンダさん。

一方、お父様は釈然としない表情だった。

「で、でも、元々私が悪かったのに、ライセンス剝奪はやりすぎなんじゃないでしゅか?」

「怖い思いをしたのに、他人を気遣えるなんて……ほんとにティアちゃんは優しい子ね」

だけど――とルシンダさんは言って。

「ジェイクの狼藉は、今回が初めてのことじゃないのよ。モンゴメリ公爵の名前を使って、今まで好き放題やってきた。冒険者とのトラブルも日常茶飯事」

「そうだったんでしゅか？」

「うん。そのことで頭を悩ませていたんだけど……今回のことは、いいきっかけになったかもしれないわ。ティアちゃんにはその機会を作ってくれて、感謝してるくらい。ジェイクが仲間だって言ってた連中も、これでおとなしくなるでしょ」

いいことずくめなんだから――とルシンダさんは続け、

「だから自分を責めるのはやめて」

と私を励ますように、微笑みを浮かべた。

ルシンダさんがこう言ってくれると、安心してまた泣きそうになっちゃうよお。

「あっ、そうそう。頑張ったティアちゃんにご褒美があるのよ。受け取ってくれるかしら？」

なんだろう――と思う私に、ルシンダさんは一枚の紙を取り出す。

受け取ると、存外に固いことが判明する。紙っていうより証明書ってイメージだね。

「ル、ルシンダ、これは――」

お父様もそれに気付き、言葉に詰まる。

「冒険者ライセンス……って書かれているようでしゅが？」

「ティアちゃんが冒険者になる……ってのは気が早いと思うけど、そうじゃなくても証明書としても使えるし、いろいろと役に立つわ。私からのプレゼントと思って、受け取ってちょうだい」

　証明書——なんだか大人になった気分だ。


「おい……あのライセンス、Aランクって書かれているように見えたが、気のせいか？」

「Aランクのジェイクより強いもの。倒したのはぬいぐるみだけど、あれを使ったのはティアちゃん自身。だからAランクスタートでもおかしくないと思うけど？」


　お父様たちが話しているのが気になって、あらためて冒険者ライセンスを見る。

『冒険者ランク』という文字の横に『A』と書かれていた。

　……これって、いいのかな？

　でも胸のサイズだってAが一番低いんだし、私はなんの力もない子ども。きっと一番下のランクなんだろう。

「あ、そういえば……」

　抱いている骸骨騎士のぬいぐるみに視線を落とし、私はルシンダさんたちにこう質問する。

「さっき、ぬいぐるみがひとりでに動いたように見えたんでしゅけど、なんででしょうか？　まさか私の錬金術って、結構すごいんじゃ――」

「「……っ！」」

ルシンダさんとお父様は、揃ってぎょっとした表情になった。

「れ、錬金術で作ったものには時に作り手の魂が宿るわ。それがティアちゃんの魔力に反応して、動いたんじゃないかしら？　よくあることよ」

「ルシンダの言う通りだぞ、ティア。ティアが魂込めてぬいぐるみを作ったから、さっきみたいなことがあったんだ。ま、まあ、錬金術ではよくある現象だがな！」

うーん？

そうなのかなあ？

だけど、大人のふたりの言うことだ。きっと間違いないんだろう。

そうとは知らず、自分がすごいんじゃないかと勘違いしてしまうところだったね。

◆◇◆

【ＳＩＤＥ：ダリル】

「――ということがギルドであったんです！　一方的に冒険者ライセンスを剥奪するなんて、ギルドの横暴ではないですか⁉」

私――モンゴメリ公爵家の当主ダリルは、息子のジェイクから詰め寄られていた。

慌てて帰ってきたかと思えば、まさかライセンスを剥奪されてしまったとは……。

しかも、幼女の持っているぬいぐるみにやられたと支離滅裂なことを言っている。

あまりに愚かな息子に対し、呆れの感情しか湧いてこなかった。

「……確かに、お前の言っていることにも一理ある」

たかがギルドマスターごときが、我がモンゴメリ家に喧嘩を売るとは大した度胸だ。

「でしょう⁉　なあに、父上も忙しいですし、僕が全てやります。魔物を召喚する魔石――あれをいくつか貸してほしいんです。僕はそれでギルドマスターを脅して、冒険者ライセンスの剥奪を撤回させる」

「バカか。そんなことのために、貴重な魔石を渡せるわけがなかろう。あれを使うにしても、もっと追い詰められてからだ」

「今でも十分追い詰められているでしょう⁉　そ、そうだ。だったら、あの例の魔石の方でもいい――」

「あれはまだ開発途中だ。許可は出せない」

「薄情すぎませんか⁉　あなたの可愛い息子が、恥をかかされたんですよ？　いいんですか！」

「可愛い息子？　ふんっ、愚かな息子の間違いではないか」

鼻を鳴らして、ジェイクを嘲笑う。

「よくも我らモンゴメリ家の評判を下げてくれたな。その上でモンゴメリ家の息子が、幼女のぬいぐるみにやられたなど噂が広がってみろ。お前だけならともかく、私もバカにされるだけだ」

「く……っ！」

ジェイクも痛いところを突かれたのか、即座に反論できない。

そんな息子の姿を見て、私は決断する。

「お前はモンゴメリ家の恥晒し。追放を言い渡す」

「そ、そんな……あんまりです！　僕はなにも悪くない！」

「よい悪いの問題ではない。モンゴメリ家が恥をかかされるのが問題なのだ。さっさと荷物をまとめて、この家から出ていけ！」

そう言い渡すが、ジェイクはなかなか私の前からいなくならない。

「連れていけ」

指示を出すと、数人の部下がジェイクを取り押さえ、無理やり部屋から追い出そうとする。

「待ってください、父上！　どうか、僕に弁明の余地を！」

「問答無用だ。お前はもう、我らの子どもではない」

ジェイクはぎゃあぎゃあ騒いでいたが、部下に連れていかれ、とうとう部屋からいなくなる。

ようやく静かになった部屋で、私は溜め息を吐いた。

「はあ……あいつにも困ったものだ。モンゴメリ家をなんだと思っているのだ」

息子のジェイクは今まで、度々問題を起こしてきた。

恐喝、女絡みのトラブル、遊ぶための借金……。

息子の問題を揉み消すため、金をばら撒いたり被害者を脅したことは、一度や二度じゃない。

それでも私が息子を見離さなかったのは、ヤツが使える人間だったからだ。

だが、あいつはモンゴメリ家の評判を下げた。

しかもよりにもよって、アルティウス家の人間の前で……だ。アルティウス家の連中のせいで、我がモンゴメリ家は軽んじられてきた。ヤツらにだけは、恥をかかされたくない。

ジェイクにはもはや利用価値はない。


「――気になるわね」

事の一部始終を隣で黙って見ていた妻――アンナがそう言葉を漏らす。

「ぬいぐるみにやられた……ってのはなにかの間違いでしょうけど、ジェイクが負けたのは事実だわ」

「そうだな。ヤツはあれでも、冒険者としてそこそこ優秀だったはずだが……」

冒険者のランクはF～A、そしてその上にSという全部で七つの区分がある。

歴史上でも数人しか存在しないSランクは例外として、Fが一番下でAが上。

裏工作をしたり高級な装備を渡し、お膳立てしていたとはいえ、最低限の実力はあるはずだ。

怒りに我を忘れ、本来の実力が発揮できなかっただけかもしれないが……それを踏まえても、ジェイクが簡単にやられるのは不可解だった。

「冒険者ギルドで、なにか起こっているかもしれぬな」

そう言って、私は手元のワインを飲み干す。

「調査してみよう。腕利き(うでき)の偵察員を何人か雇う」

「ええ、私もそれでいいと思うわ。ルシンダがもし秘密を抱えているとするなら、それを暴いてあげましょ」

妻のアンナも、私の言うことに首を縦に振る。

ルシンダと同じ魔法学校に通っていたアンナは、いつも学内で二番目の成績だったという。

今まで散々煮え湯を飲まされてきた相手なわけだ。

ジェイクが勝手にやったこととはいえ、ルシンダにいい顔をされるのは、たまらなく不快なのだろう。

「全く……最近はトラブル続きだな」

ジェイクのこともあるし――先日にはフェニックスを逃してしまった。

無論、簡単に逃げ出さないように、フェニックスの力を封じる魔法を刻んでおいた。だが、そんなこともお構いなく、フェニックスは私たちの前から消えた。

バカな聖獣だ。聖獣とはいえ、知性は人間に及ばないか。

本来の力を発揮できないフェニックスは、その辺りの魔物にも劣る。

今頃、魔物に襲われて、死んでいることだろう。

とはいえ――。

「あのフェニックスは、苦労の末捕らえたものだった。逃してしまったのは惜しかったな」

「いいじゃない。どちらにせよ、アテは外れたんだし。聖獣っていうから、期待してたのに……ほーんと、がっかりだわ」

アンナの言う通りだ。

私たちの真の企(たくら)みを成功させるため、聖獣フェニックスは最後のピースになるはずだった。

だが、とんだ期待はずれだった。あれでは、私たちの目的は果たされない。

「もう少しで、あのお方を復活させられるというのに、歯痒いものだな」

目の前にあるのに手を伸ばしたら、するりと抜け落ちてしまう。

苛立たしくて堪らず、もどかしさが募った。

「焦る必要はないわ」

そんな私を、アンナは嗜める。

「あとは最後のピースさえはまれば、いいだけなんだから。そのためにも私たちの邪魔になるものは、全て排除すべき。それが小さな蕾であってもね」

「その通りだ」

蠱惑的な笑みを浮かべるアンナに、私はそう相槌を打った。

# 第四話　ピコピコハンマー（世紀末仕様）

あれから——私は平和な日々を過ごしていた。

錬金術で好きなものを作り、家族に褒められる。幸せだ。

しかし私は錬金術が慣れてきたのもあって、どんどん欲が出てきた。

錬金術は無から有を作り出す魔法ではない。そのためには、元となる素材が必要となってくるのだ。

あれ・を作りたいけど、家の中にあるものだけじゃ不十分。

だからといって、錬金術はいわば私のワガママだから、他の人の力を極力借りたくないし……。

そうして頭を悩ませていたある日——兄様からこんな申し出を受けた。

「明日、僕と一緒に街までお出かけしないかい？」

「行く！」

即答すると、兄様は「よかった」と胸を撫で下ろした。

お出かけ——というだけでも楽しいのに、今の私は素材を欲している。

街に行けば、私が必要とするものも手に入るかもしれない。

「よかったよ。ルシンダさんも、君に会いたいって言ってたから彼女にも挨拶しよう——じゃあ、よろしくね」

「はい、でしゅ。フーちゃんも一緒に行きまちょうね！」

「ほっほーっ！」

あ、そうだ……ルシンダさんに会うなら、錬金術で新しいものを作っていこう。

ルシンダさんは、私が作る可愛いもののよき理解者のひとりなのだ。彼女にプレゼントしよう。

それにせっかくのお出かけだから、お昼ご飯も……。

よし——忙しくなるぞー！

そう思いながら腕まくりをして、作業に取りかかった。


翌朝。

私たちはお父様とお母様に見送られ、馬車で街に向かっていた。

「ふふ～ん♪」

「楽しそうだね、ティア」

「お出かけ、楽しいでしゅから！　ルシンダさんに会えるのも、楽しみでしゅ」

「それはよかった。僕も父上にワガママを言った甲斐があったよ。全く……僕が知らないうちにティアとお出かけしていたなんて、父上も狡いよ」

そう言って、唇を尖らせる兄様。

兄様は十二歳にしてはしっかりしていて、いつも大人びて見えてしまうけど……今の兄様は、子どもっぽくて可愛かった。

「少し休憩しようか」

奈落の森を抜けたところで、兄様が馬車を停める。

時刻は昼ごろ。

ぽかぽか陽気が気持ちよかった。

「お昼ご飯にしましぇんか？」

「うん、丁度いい時間だしね。そういえば——今朝、母上と一緒になにかを作ってなかった？」

「はい！　これでしゅ！」

返事をして、私はピクニック用のバスケットを広げる。

「サンドイッチか」

「兄様のために、一生懸命作ったんでしゅ！　フーちゃんも食べましょう！」

「ほほっー！」

フーちゃんもバスケットの隣に着地し、興味深そうにその中のサンドイッチを眺めていた。

まずは兄様がサンドイッチを手に取り、口の中に入れた。

「美味しい！」

頰に手を当て、兄様が目を輝かせる。

「レタスはシャキシャキしてるし、ハムの組み合わせも最高だね。ちょっとピリ辛だけど……中にはなにが入っているのかな？」

「辛子とマヨネーズを混ぜてみたんでしゅ」

この世界に転生した際――マヨネーズが存在していることを知って、安心したのを今でも覚えている。

「こうしゅると、美味しいと思いましたので」

「そのふたつを組み合わせたのか、面白いね。錬金術のこともあるし、将来は発明家かな？」

「それもいいかもしれましぇん」

将来のことはまだ具体的に考えていないけど、兄様の提案はとても魅力的に思えた。

「ティア、君も食べなよ」

「もちろんでしゅ！　いただきましゅ！」

と、私はサンドイッチを一口齧(かじ)る。

具材のトマトとレタス、芳醇(ほうじゅん)なハムの風味が口いっぱいに広がった。

そこに辛子マヨネーズのピリッとした感覚と、マヨネーズのクリーミーさが絶妙に絡み合う。

舌の上で様々な食材と調味料が躍り、食べる楽しみを一層豊かにしていた。

「どうだい？」

「さいこーでしゅ！　上手く作れまちた」

「よかった。君の笑う顔を見ていたら、なんだか僕まで嬉しくなってくるよ」

お日様のぽかぽかとした陽気の下で、兄様と食べるサンドイッチ。

普段より、美味しく感じる。

早起きして、お母様と頑張って作った甲斐があったというものだ。

「フーちゃんも、美味ちい？」

「ほーっ！」

問いかけると、サンドイッチを啄んでいたフーちゃんもすごい勢いで頷いていた。

みんなに好評なようで、本当に嬉しい。

「あっ、そうそう。錬金術といったら、昨日からなにかを作っていたね。今日持ってきているんだろ？　なにを作っていたんだい？」

サンドイッチ片手に、そう訊ねてくる兄様。

ルシンダさんに見せてあげようと思い、私が新たに作成したアイテムのことを聞いているんだろう。

答えてあげてもいいけど……。

「秘密でしゅ！」

楽しみは後に取っておいた方がいいと思ったから――口元に人差し指を当て、そう答えておいた。

「ふふっ、だったら楽しみに置いとこうかな。ティアが錬金術で作るアイテムは、いつもすごいから、ルシンダさんもきっと驚いてくれると思うよ」

「ほーっ！　ほーっ！」

兄様の言葉に同意するように、フーちゃんが高い鳴き声を上げた。

「ごちそうさま。ティアのサンドイッチを食べたら、なんだか体が軽くなったように感じる。気のせいかな？」

「きっとお腹が空いてて、元気が足りなかったせいでしゅよ」

「はは、そうかもね――じゃあ、そろそろ出発しようか」

馬車に再び乗り込み、出発する。

昼食を食べて満腹中枢が刺激されたためか……馬車に揺られていると、強い眠気が襲ってきた。

うつらうつらしていると。

「眠いのかい？　だったら、寝ておきなよ。街に着いたら起こしてあげるから」

「でも……」

「いいから、いいから。たっぷり寝ないと、身長も伸びないよ」

冗談交じりに兄様が言う。

自分だけ寝るのは申し訳ないと思うが——心地いい揺れが体を包んだまま……。

あっという間に目を開けていられなくなり、私は兄様の肩に頭を預けて瞼を閉じた。

【SIDE：クリフ】

ティアの寝息が聞こえてきた。

「早起きしたから、眠気に勝てなかったのかな」

前を向き、僕は先日父上から聞かされた話を思い出す。

冒険者ギルドで、ルシンダさんにティアの魔力を見てもらうことになったが——魔力測定の水晶に彼女が触れると、そこには花が咲いたらしい。

こんなのは、ルシンダさんですら見たことがない。

特殊な魔力なんだろうと結論付けたらしいが、色が変わる以外の反応が出るのは、百年に一人——いや、下手をすればもっと珍しい。

そして特殊な魔力を持った人間は、伝説の賢者として後世まで語り継がれたり――時の権力者となった。

それほどまでに貴重な魔力の持ち主なのだ。ティアのすごさがますます際立つ。

さらにフーちゃんも魔力を測定してもらったが、水晶を割ってしまったらしい。

水晶が割れるのは、触れた者の魔力が桁違いに膨大じゃないと有り得ない。

母上から聞かされていたが――フーちゃんが聖獣フェニックスである確信が、さらに深まった。

あ、そうそう。骸骨騎士のぬいぐるみのことも、聞いていたんだった。

骸骨騎士のぬいぐるみは、ティアが錬金術で作ったものだ。

そのぬいぐるみはひとりでに動き出し――ランクについては不正の疑いがあるものの――Aランク冒険者のジェイクを、圧倒した。

ティアもその光景を目の当たりにしたらしく、誤魔化すのが大変だったみたいだね。

「モンゴメリ公爵家に、ティアの力を悟られていなかったらいいんだけど……」

あの後、ギルド内では箝口令（かんこうれい）が敷かれた……とのことだった。

ギルド内のいざこざを、あまり外に持ち出してはいけない――という理由もあるが、一番の理由はティアだ。

ティアの力が明るみに出れば、彼女の周りは今以上に騒がしくなる。

とはいえ、ジェイクを倒した錬金術のアイテムは、見た目は完全なぬいぐるみ。

錬金術が詳しく知られていない力ということもあり、そういうものなのかと皆、納得してくれたようだ。

「ティアに乱暴しようとするなんて――ジェイクは許せないね」

彼は今回の不祥事で当主ダリルの怒りをかい、平民落ちとなったと聞いた。

今まで、貴族として贅の限りを尽くしてきた男だ。

これから先、彼の人生は暗い。

「だけどティアを悲しませたんだから、当然の話だ」

仮にまた、ティアが傷付けられそうになったら、今度は僕が守らなければならない。

ぐっすり寝ているティアの頭を撫でて、そう固く決意した。


「着いたよ」

やがて街に着き、彼女の体を揺さぶる。

「ん……ひゃやいでしゅね。あっという間だった気が、しましゅ」

瞼を擦りながら、目を開けるティア。

まだ寝ぼけているのか、いつも以上に舌ったらずな声が愛らしい。

「あっ、ルシンダさんのところに行く前に、ちょっと買い物してもいいでしゅか？」

「もちろん、いいよ」

ティアとフーちゃんと一緒に、僕たちは雑貨屋を訪れる。

そこで彼女は並べられている布を凝視し、何反か購入した。

「そんなに布を買って……それを素材にして、なにかを作るつもりなのかい？」

「秘密でしゅ！」

「秘密が多いね」

だけどティアの楽しそうな笑顔を見ていると、それ以上なにも訊ねる気にはなれなかった。

用事も済ませて、僕たちはギルドに到着する。

「ティアちゃん！　また来てくれたのね！　嬉しいわ～」

ギルドマスターのルシンダさんはティアを前にすると、すぐに満面の笑顔になった。

「ルシンダさんに会いたかったでしゅから！」

「私も会いたかったわよ。あっ、そうだ。奥の部屋に行ってお喋りしましょ。ここじゃあ、周りがうるさいから」

ルシンダさんがそう促すと、ティアは頷いて歩き出した。

「クリフも久しぶりね」

「ええ、ご無沙汰しています」

ティアから少し離れて歩き、僕とルシンダさんは言葉を交わす。

僕は冒険者として、今までいくつか依頼を請け負ったことがある。

そうすることが、日々の鍛錬に繋がると考えたからだ。

その関係で、ルシンダさんとは何度か顔を合わせたことがあった。

今の僕の冒険者ランクは『B』。

僕の歳にしては破格なんだけど……冒険者ライセンスを渡されたティアのランクはA。

異例のスタートではあるが、彼女の力を知っていれば驚くことでもない。

「最近のギルドはどうですか？」

「先日のジェイクの一件を除いたら、平和そのものね。ただ……視線を感じることが増えたわ」

「視線？」

「私の気のせいだったらいいんだけどね。私のことを探ろうとした輩は、今まで何人かいたし……ちょっとくらい知られても、返り討ちにすればいいだけだから。でも――今回は特別」

「ティア――のことですね」

声を潜めて訊ねると、ルシンダさんはこくりと頷いた。

「ええ。私のことは別にしても、ティアちゃんのことは知られちゃいけないんだもん。だから、クリフも気をつけてね。いつ何時、なにが起こるかわからないから」

「承知しました」

と僕はあらためて気を引き締める。

視線……モンゴメリ家の連中だろうか？

とはいえ、モンゴメリ家が簡単に尻尾を出し、僕たちに決定的な証拠を与えてくれるとは思えなかった。

そんなことを考えながら歩いていると、やがてルシンダさんの部屋に入る。

そこでティアが振り返り、

「ルシンダさんに、ぷれじぇんとがあるんでしゅ！」

と――持っていたバッグの中から、あるものを取り出した。

「これは……ハンマーかしら？」

私が取り出したものを見て、ルシンダさんは目を丸くする。

「はい、でしゅ！　ピコピコハンマーでしゅ！」

「それってなにかを叩くと音が鳴る、子ども用の玩具よね？」

「そうでしゅ！」

ピコピコハンマーの大きさは、私の小さな手でも握れるくらい。

一際目を引く、黒色のフォルム。

頭部にはいくつかの棘を散りばめており、愛嬌たっぷりだ。

子どもたちが笑いながら、このピコピコハンマーを振るっていたなら、まさしく楽園のような光景が広がるだろう。

「これ、とても美しいわね！　無骨なフォルムの中に、尖った棘がバランスよく配置されてる。たとえ荒廃した大地でも、これは風景に溶け込みそうだわ」

うっとりとして、ピコピコハンマーを眺めるルシンダさん。

聞き慣れない単語が聞こえたけど……ルシンダさんは芸術肌だね。語彙が豊富だ。

「は、はは……ティアはほんと、変わっ……あっ、可愛いものを作れるんだね。昨日作ってたものは、これだったたってわけか」

一方、兄様は引き攣った笑いを浮かべていた。

「で……ティアちゃん、私へのプレゼントって聞こえたけど？」

「はい、でしゅ。ルシンダさんにはしぇんじつ、大変お世話になりまちた。きっとルシンダさんなら、これを気に入ってくれると思って……」

「なるほど……ね」

そう言うと、ルシンダさんは一頻り考え込むような仕草。

しかし首を左右に振り、

「……ありがとう。でも、これは受け取れないわ」

と私にピコピコハンマーを返した。

「いらなかったでしゅか？」

「そうじゃないわよ。今すぐにでもこの部屋に飾りたい。だけど――こういうのは、私みたいな大人じゃなくて、可愛い子どもが持つべきだと思うのよ。ティアちゃんみたいな……ね」

ウィンクするルシンダさん。

うーん……受け取ってくれないのは残念。

だけど、よくよく考えてみると大人のルシンダさんにピコピコハンマーを渡そうとした、私が悪いのかもしれない。

もし私がルシンダさんと同じ歳ということを考えたら――やっぱり、嬉しさよりも恥ずかしさが勝つ気がするしね。

「そうだ……プレゼントを作ってくれたお礼に、ティアちゃんに魔法の使い方を教えてあげよっか？」

「え？　本当でしゅか？」

「うん。錬金術もルーツを辿れば、魔法の一種だしね。魔法を学べば、もっと可愛いものを作れるようになると思うわ」

突然の申し出ではあるが、いい機会かもしれない。

「ルシンダさんがよかったら……お願いしましゅ」

「決まりね。ここじゃあ狭いから、街外れの広場に行きましょうか」

とルシンダさんは指を鳴らし、次に兄様を見た。

「クリフ——あなたにもついでに、魔法を教えてあげるわ。魔法はあんまり使わないかもしれないけど、学んでおいて損はないでしょ？　どうかしら」

「ぜひ、お願いしたいです。ルシンダさんの魔法は一級品ですからね。教えていただけるなら、断る理由はありません」

どうやら、兄様も私と一緒に魔法を学ぶみたい。

でも……私が魔法を使えるんだろうか？

少し不安になる。

ルシンダさんと手を繋いで歩き始める瞬間——彼女の視線が、私の持っているピコピコハンマーに向いた。

「……そんな神具にも匹敵するようなハンマー、簡単に受け取れるわけないでしょ。早いとこ、魔法と常識を教えておかないと……」

そしてぼそっと呟いたけど、なにを言ったかまでは聞き取れなかった。

【ＳＩＤＥ：？？？】

今――俺の視界にはギルドマスターの一室が映っている。

中にはギルドマスターのルシンダ、そしてアルティウス公爵家のクリフ。フクロウらしき鳥と、さらにはクリフの妹――確か名はティアと言ったか――がいた。

「くくく……カーテンも閉めないとは、不用心なこった。ま、閉めたところで薄布一枚、簡単に魔法で透視できるけどな」

ギルドから少し離れた地点――木の上から、ルシンダたちのやり取りを注意深く観察する。

とはいえ、常人なら視認できないほど距離をおいている。

この位置からでも、中の様子がはっきりとわかるのは、さすが俺といったところか。

――俺はモンゴメリ家に雇われ、ギルドの様子を探るようにと命じられていた。

なんでも、先日モンゴメリ家の長男だったジェイクが、一方的に冒険者の資格を剥奪されてしまったらしい。

しかも彼は、ぬいぐるみがひとりでに動いたなどと支離滅裂なことを宣(のたま)っている。

錯乱していただけだと思うが、慎重なダリル公爵のことだ。少しでも違和感があれば、調べずにはいられなかったのだろう。

「ま、そのおかげでこうして割りのいい仕事をもらえたわけだがな」

自分で言うのもなんだが、俺の使う隠匿魔法は一流だ。

この距離なら、たとえ相手が元勇者パーティーのルシンダでも、気付かれることはないだろう。


「ルシンダさんに、ぷれじぇんとがあるんでしゅ！」


そんなことを考えていると、幼女——ティアがルシンダになにかを手渡すのが目に入った。

たかが幼女だ。そこまで強く警戒する必要はないだろう。

そう思い視線を逸らしそうになるが——彼女が取り出したものを見て、さすがの俺でも混乱してしまった。

「なんだ、ありゃ。どうして幼女があんな物騒なものを、持ち歩いていやがる」

なんというか……殺傷能力が高そうなハンマーであった。

ハンマーの頭部には毒々しい棘が生えていて、一振りで相手の命を刈り取れそうだ。

「ピコピコハンマーでしゅ！」

「それってなにかを叩くと音が鳴る、子ども用の玩具よね？」

耳を疑うような話が聞こえてきた。

ピコピコハンマー？

撲殺用のハンマーじゃなくて？

しかもどうやら、ティアはあのハンマーのことを『可愛い』と思っているらしい。

だが、どこをどう見ても、それには『可愛い』要素は一切ない。

ルシンダの美的センスが壊滅的なのは、冒険者の間では有名だ。

だから彼女はともかくとして――一緒にいたクリフも、明らかに引いている。

「あいつのセンスはおかしい。あんなのが可愛く思えるだなんて、将来が不安だぜ」

しかし――何故か嫌な予感がする。

それにモンゴメリ家は、アルティウス公爵家を好ましく思っていないようだった。

彼らの動向を見逃すわけにはいかない。

やがてルシンダとクリフたちは、ギルドの部屋から出ていこうとする。センスがヤバい幼女も同様だ。

「追跡するか」

その場から離れる。

何故か――ティアのピコピコハンマーを見てから、胸がざわめいた。

ルシンダさんに連れられて、私たちは街外れの広場に到着する。

整地されていないのか、広場には大きな岩がいくつか点在している。人気もなくて、静かな場所だった。

「ここだったら、周りに人がいないし、思い切り魔法を使える。まずは初歩的なことから教えていくわね」

「お願いしましゅ、先生！」

「ふふふ。その先生って響き、いいわね」

そう微笑んで、ルシンダさんは手をかざす。

「体内の魔力を放出することが、魔法を使う一歩目。だけど魔力だけを放っても、大した効果は得られないわ。どれだけ優れた素材があっても、それを組み立てなければ宝の持ち腐れでしょ？　ここまではわかる？」

「な、なんとなくは」

一言一句聞き逃さないよう、ルシンダさんの話に集中する。

「そのためにはコツがいるんだけど――手っ取り早いのは補助用の道具として、魔法杖を使うことね。あれを使えば魔力を編むのが少々雑でも、魔法を放つことができるから」

だけど――とルシンダさんは話を続ける。

「魔法杖を使うにしても、まずは基本を知らなければならない。だからまずはティアちゃんに、魔法杖なしで魔法を使ってもらおうと思うわ。こんな風に――」

そう言ったルシンダさんの右手に、魔力が集まっていくのがはっきりと感じ取れた。

そしてそれは炎となり、十メートルくらい向こうにあった大岩に向けて発射。

その炎は弾丸となり――大岩に命中。大岩には金貨一枚くらいの穴が空いていた。

「――これが炎魔法。今使ったのには、ファイアーバレッドっていう名前が付けられているわ」

「すごいでしゅ！」

「さすがルシンダさんですね。とてもキレイな魔法でした」

私と兄様がそう言って、賞賛の拍手を送る。

「本気を出したら、大岩を爆破することも容易だったでしょう。岩に穴を空ける程度に、手加減したんですよね？　これだけ繊細な制御は、あなたにしかできません」

「兄様、そうなんでしゅか？」

「うん。強い魔法を放つだけなら他にできる人もいるけど、彼女みたいにそれを加減できるのは稀有さ」

私……もしかして、すごい人に魔法を教えてもらってる？

今更かもしれないけど、私は運がいい！

「あら、随分褒めてくれるじゃない。ウォーレスとは違って、気遣いもできるのね」

「気遣いなんかじゃないですよ、本心です」

と兄様が肩をすくめる。

「それにしても、無償であなたに魔法を教えてもらったなんて他の人に言ったら、さぞ羨ましがられるでしょうね。本当にありがとうございます」

「無償でもないわよ。ティアちゃんが私のためにプレゼントを作ってくれたお礼なんだから」

そう言って、ルシンダさんは兄様から私に視線を移して。

「じゃあ早速やってみて——と言いたいところだけど、いきなりは難しいかもね。私が補助をするわ。あ、そのピコピコハンマーは握ったままじゃダメよ。置いときなさい」

ルシンダさんの指示通り、ピコピコハンマーを地面に置く。

そうすると彼女は私の後ろに回り込み、両手首を握ってくれた。

「まずはさっきみたいに、炎弾を放つようなイメージを抱いてみて」

「こ、こうでしゅか」

彼女がしたように魔力を魔法として出力しようとするが……ボスッと間抜けな音がしただけで、発動までには至らなかった。

「失敗ちました……」

「ほっ……よかったわ。ティアちゃんも人の子なのね。いきなりとんでもない魔法を放ってたら、自信をなくすところだったわ……」

肩を落としていると、ルシンダさんがそう励ましてくれた。優しい。

「一回、お兄ちゃんに手本見せてもらおっか？　クリフ、同じように炎弾を放ってみなさい」

「プレッシャーをかけますね……僕はそれほど、魔法が得意じゃないというのに」

「つべこべ言わずに、やりなさい」

ルシンダさんがそう促すと、「やれやれ」と兄様は肩をすくめて、大岩の前に立った。

そして手をかざし、炎弾を炸裂させる――。


ドゴーーン！


兄様の放った炎弾は、一瞬で大岩を爆破した。

「!?」

「しゅ、しゅごい！　さすが兄様でしゅ！」

素人の私から見ても、とてつもない威力だったことがわかる。

も～、魔法が得意じゃないなんて、兄様も謙遜するんだから！

魔法使いとしても一流だったんだね！

「こ、これは……どういうことだ？　僕本来の力だったら、命中しても岩がちょっと焦げるくらいのはずなのに……」

「あなた、いつの間にそんな魔法が使えるようになっていたのよ⁉　私に内緒にするなんて、つれないじゃない」

「いえいえ！　僕も驚いてますよ！　一体なにが起こっているんだ……」

はしゃぐ私に対して一方、兄様とルシンダさんは何故か困惑しているようだった。

「どうしたんでしゅかね？」

「ほほっー？」

フーちゃんに訊ねてみるが、答えは返ってこない。

「……もしかしたらって思うけど、ここに来るまで、ティアちゃんの作っているなにかに触れてない？」

「いえ、そんなものはありません。あるとするなら、ティアが母上と一緒に作ってくれたサンドイッチを食べて——あ」

「……そういうことね。きっとそれを食べたのが原因で、こうなったんでしょ」

「なるほど」

サンドイッチ？　なんで今、そういう話になるんだろう？

「……もしかしてティアちゃん、クリフの魔法を見て自信をなくしてる？」

私の考えてることなんてお見通しなのか、ルシンダさんがそう問いかけてくる。

「はい、でしゅ……正直なところ……」

「うーん、苦手意識を植えつけたまま終わるのも、私の本意じゃないわね。だったら――」

とルシンダさんは地面に置かれているピコピコハンマーに、視線を移した。

「そのピコピコハンマーを媒介にして、魔法を使ってみましょうか」

「え？　そんなことで、魔法を使えるようになるんでしゅか？」

「ええ。ティアちゃんは気付いてないみたいだけど、そのピコピコハンマーは魔法杖のような道具になっているの。きっと作る時に、魔力を込めたからでしょうね。よ・く・あることよ」

なんと！

ただ可愛いだけのピコピコハンマーだと思っていたが、そんな効果が……！

「じゃ、じゃあ――やってみましゅ」

「今度も私がティアちゃんの補助をするわよ。同じようにやってみなさい」

地面に置かれているピコピコハンマーを手に取り、再度集中する。

そんな私の両手首を、後ろからルシンダさんが握ってくれる。

「今度はその状態で、さっきと同じように魔法を放つイメージを抱きなさい。そうすると、上手くいくはずだから」

「はい、でしゅ」

元気よく返事をしてから、私は目を瞑り集中する。

すると——慣れた感覚がやってきた。

例のぐるぐる、ばーっだ。

「え……ちょっと待って。さすがにこれは予想以上——まずい！　途中で止めることも——っ！　だったら……」

ルシンダさんが私の体の向きを変えたかと思うと、同時に激しい衝撃が体を襲った。

「きゃっ！」

咄嗟に目を瞑ってしまい、ルシンダさんと一緒にすっ転ぶ。


「ぎゃあああああああ！」


それと同時、遠くから人の悲鳴のようなものも聞こえた。

「ま、魔法は!?」

しかし——目を開けると、大岩にはなんの変化もなかった。

それを見て確信する。

「……私、また失敗したんでしゅね」

「い、いやいや！　そんなことないわよ！」

「そうそう！　ちゃんと放ててたから！」

ルシンダさんと一緒に、兄様も必死にフォローを入れてくれる。

「でも……岩がそのままです。穴が空いたり、爆破してないでしゅ」

「普通、そんなことできないのよ。ティアちゃんはよく見えてなかったのかしら？　ちゃんと炎弾は放たれて、目の前の岩に命中したわ。ほら、見て？　あそこ、ちょっとだけ欠けてるでしょ？」

目を凝らして見てみると……確かに、そんな気がするかも。

もっとも、岩の形なんてちゃんと見なかったから、やっぱり気のせいかもしれないけど。

「今日のところはこれで百点満点よ」

「よかったでしゅ――あ、悲鳴が聞こえた気がしまちたが、大丈夫でしょうか？」

「悲鳴？　そんなの聞こえなかったけどね」

と誤魔化すように、ルシンダさんは首をひねった。

「ほんとでしゅか？」

「ほんとよ。でも念のために確認しておきましょうか。クリフ――」

「見に行ってきます」

ルシンダさんが全てを言い終わらないうちに、兄様が風のように駆け出し、その場から消えてしまった。

「じゃあもう一回、魔法を――」

「きょ、今日のところはこれでお終いにしましょ！　初めてでそんなに魔力を使ったら、ティアちゃんが倒れちゃうわ！」

「私はまだまだ大丈夫なんでしゅが……」

「いいから、いいから！　油断は禁物よ。あっ、それから――錬金術は別にして、これからひとりで魔法を使わないこと！　魔法って、使い方を間違えたら危険なのよ？」

私は未熟だ。

調子に乗ってひとりで魔法を使っていたら、なにか危険なことが起こらないとも限らない。

ルシンダさんが言うことは、ごもっともなことである。

「先生との約束、守れる？」

「は、はい、でしゅ」

「ティアちゃんはお利口ね」

とルシンダさんは微笑みを浮かべる。

「じゃあ、ティアちゃんのお兄ちゃんが戻ってくるまで……魔法の危険性について、みっちりと教えてあげるわ。そうじゃないと、これからなにをやるかわからないし……」

「お願いしましゅ、先生！」

頭を下げ、ルシンダさんに教えを請うのであった。

【SIDE：モンゴメリ家からの偵察員】

俺はルシンダから気付かれない距離で、事の一部始終を見守っていた。

「さすがは、元勇者パーティーのルシンダ。今は一線から退いているとはいえ、あの程度はやってのけるか……」

戦慄する。

会話の内容こそ聞こえないが、なにをしているかはわかった。

――ギルドマスターになってからルシンダは落ち着いたものの、昔は『七色の魔術師』と呼ばれた存在だ。

彼女の扱う魔法はどれも強く、その上で完璧に制御してみせるものだから、敵に回すと手に負えない。

「しかし……あいつらはルシンダに教えてもらえているという価値が、わかっているのだろうか？　特にあの幼女」

ルシンダから直々に手をかけてもらっているというのに、彼女は満足な魔法ひとつ放つことができなかった。

俺にはただ、ふたりがじゃれあっているようにしか見えない。

「時間の無駄だったのかもな」

先ほど感じた胸騒ぎは気のせいだろうか？

嘆息して、一瞬集中力を切らしてしまった。

ドゴーーン！

その時——アルティウス家の息子クリフの放った魔法が大岩に炸裂し、木っ端微塵にしてしまった。

「な、なんて威力だ……！　アルティウス家の息子は、剣が得意で魔法は苦手だと聞いていたが……情報に間違いがあったのか？」

あんな芸当ができる魔法使いは、この街でも片手で数えられるくらいだろう。

それなのに魔法が苦手なはずのクリフがやって見せるとは……アルティウス家、恐るべし。

気になったのは、魔法を放ったはずのクリフ——そしてルシンダふたりが慌て出して、なにかを話していたことだが……やはりここからでは、内容までは聞き取れない。

「やっぱり、俺の勘も侮れないぜ。胸騒ぎの原因は、アルティウス家の息子なんだ」

そうとわかれば、さっさとモンゴメリ家のダリルに報告するとしよう。

俺は胸元から連絡用の魔石を取り出した。

『ダリル様、報告です』

『なんだ。早く言え』

ダリルの声が聞こえてくる。

俺は会話に集中するため、ルシンダたちから視線を切ってしまった。


――結論から言うと、俺はまだヤツらに注視すべきだったのだ。


視界の端で、ティアが先ほどの禍々しいハンマーを持った状態で、魔法を放とうとする光景が目に入った。

どうせまた、不発に終わるだろう――そう思っていたが、彼女のハンマーを中心に、膨大な魔力が溢(あふ)れ出たのがわかった。

「こ、これは⁉」

まさかルシンダが魔力を分け与えている⁉

いや、彼女の魔力とは性質が違う。感じたことのない魔力だ。

ならば……あの幼女が……？

ティアの放とうとする魔法は、彼女が持っているハンマーを媒介にして組まれているように見える。

あの撲殺ハンマーに秘密があるのか？

いや、考えるのは後だ。ここにいては巻き込まれてしまうかもしれない。すぐに逃げ……。

と思いかけるが、時すでに遅し。

ティアが放った炎弾は狙いが逸れて、そのまま俺の方へと向かってきたのだ。

結界魔法を張り、炎弾を防ごうとする。

だが、炎弾は結界魔法を貫通し、俺に当たった。

「ぎゃあああああああ！」

悲鳴を上げる。

くっ……なんて威力だ！　結界魔法で衝撃を和らげておかなければ、即死だったぞ⁉

ルシンダたちが豆粒に見えるくらいの距離は取っていた。それなのに、全く威力が衰えずここまで届くとは……恐怖で震える。

あの撲殺ハンマー、まさか魔法杖のような役目があったとは。

あのポンコツ幼女ですら、高威力の魔法を放てるようになったのだ。恐るべき兵器である。

『おい！　今の音はなんだ！　なにが起こっている⁉』

とダリルの慌てた声。

『ダ、ダリル様……よ、幼女にやられました。アルティウス家の娘――ティア。ヤツの持っている武器……兵器が全ての元凶……』

『幼女？　兵器？　さっきからなにを言っている――』

ダリルが問い詰めてくるが、律儀に答えている場合ではない。

先ほど上げてしまった悲鳴で、ルシンダたちに俺の存在が気付かれたかもしれない。

今はこの場から離れることの方が先決――。


「――そこでなにをしているのかな」


不意に声が聞こえ視線を上げると、そこにはついさっきまで離れた地点にいたはずのクリフが立っていた。

「き、貴様はクリフ……！　あの距離からここまで、どのような手段を使って来た!?　気付くにしても、来るのが早すぎ――」

「なんでだろうね」

なにか別の理由があるのを誤魔化すように、クリフが肩をすくめる。

その隙に逃げようと体を動かすが、

「おっと、逃さないよ」

そんな俺を止めるようにクリフが剣を突きつける。

鞘口に髑髏の飾りが付いた剣だ。

その剣全体から放たれる禍々しいオーラを肌で感じていると、恐怖という感情が湧いてきた。

「俺を……ここで殺すつもりか？」

「はは、そんなつもりはないよ。あなたからは聞きたいことが、山ほどあるから」

「聞きたいこと……なるほどな。拷問でもするつもりか。その物騒な剣で……な」

「物騒？　なにを言うんだい。とっても可愛い剣じゃないか」

可愛いなどとはこの剣に最も似つかわしくない単語なのに、クリフはそんなことをほざく。

「さっき、ダリルがどうこうって聞こえてきたけど、あなたはモンゴメリ家に雇われた偵察員ってところかな？」

「…………」

「まあ簡単には喋ってくれないか。でも、別にいいよ。後でたっぷり話を聞かせてもらうから」

ニッコリと笑いながらそう口にしたクリフを見ていると、鳥肌が立った。

「――というわけで、魔法ってのはとても危険なの。特に屋内とかでは使っちゃダメよ。人に向かって放つなんて論外。もちろん自分の身を守るためなら、やむを得ない時もあるけどね」

「ふむふむ……」

兄様がどこかに行ってしまってから、私はルシンダさんから『魔法の危険性』について、レクチャーを受けていた。

魔法というのは便利な反面、人を傷付ける武器にもなる。

特に攻撃魔法は、軽々しく使っちゃいけないんだと再確認した。

「ティアちゃんは物分かりがいいわね。これなら安心だわ。さて――そろそろ、あなたのお兄ちゃんも戻ってくるはず……」

「ただいま」

ルシンダさんが言葉を続けようとすると、兄様が手を挙げて、こちらに近付いてくるところだった。

「兄様、大丈夫でしゅか？」

「うん。ティアの魔法には誰も当たってなかったみたいだ。空耳だったんだろう。変質者はいたけどね」

「変質者？」

「ティアは可愛いからね。君を付け狙うストーカーがいてもおかしくない。だけどもう安心して。変質者は自警団に引き渡したから」

と兄様は爽やかに笑う。

変質者……怖い。この世界でも、ロリコンさんっているんだね。

「そろそろ帰ろうか。父上と母上も心配しているだろうから」

「その前に、お父様とお母様にお土産も買いましょう！　いいでしゅか？」

「もちろんだよ」

今日はルシンダさんに魔法も教えてもらったし、大満足な一日だ。

やっぱり、お出かけは楽しいな～。

前世では感じたことのない充実感に、私は心が満たされた。

【ＳＩＤＥ：クリフ】

「ティアが魔法を放った時に聞こえた悲鳴――僕たちのことを探っている男からでした」

ティアに聞かれないよう――僕はルシンダさんと、先ほどのことを話し合っていた。

「ダリルという名前がその男の口から出ていたので、おそらくモンゴメリ家からの偵察員だったかと」

「やっぱり……ね」

と暗い表情を作るルシンダさん。

偵察員の存在に気が付かず、ティアの力の片鱗を目撃させてしまったのは僕らの失態だ。

どこまで見られたのかはわからないが、彼はモンゴメリ家当主のダリルに連絡を取っている様子だった。

ヤツからの報告を受けて、ダリルはなにを思うだろうか……。

願わくば、ことの異常性に気が付かないでいてくれる方が有り難いが、楽観視はできない。

「自警団に引き渡したんで、後で情報を聞き出してくれますか？　偵察員はティアの魔法に当たって、ボロボロの状態。抵抗しても無駄だと思ったのか、暴れたりもしませんでした」

「ありがとう。まあ……決定的な証拠は摑めないでしょうけどね。モンゴメリ家も偵察員が捕まった時のことも考え、対策していると思うし」

ルシンダさんも歯痒く思っているのか、イライラを抑えるように自分の爪を嚙んでいた。

「サンドイッチのことも含め、ティアの錬金術について、知られていなかったらいいんだけどね」

「そうですね。まさか、ティアの作ったサンドイッチにあんな効果があったとは……」

爆裂させる魔法を放ったり、偵察員がいた遠い位置まで素早く移動する力は——本来、僕にはない。

ティアはおそらく、昼食のサンドイッチを作る際、知らず知らずのうちに錬金術の力を発動させてしまったんだろう。

規格外の錬金術の力を持ちながら、魔法の基礎も知らなかった少女だ。

思いもよらないところで、その力が漏れてしまうのは、そこまで違和感のある話ではない。

「どちらにせよ――なにかわかれば、またすぐに連絡するわ。それまでティアからは目を離さないでね」

「かしこまりました」

◆◇◆

【ＳＩＤＥ：ダリル】

『ダ、ダリル様……よ、幼女にやられました。アルティウス家の娘――ティア。ヤツの持っている武器……兵器が全ての元凶……』

偵察員からの報告を受け、私は頭を抱えていた。

「ヤツめ……支離滅裂なことを言いよる。問いただそうとしても、交信が途絶えおったし……」

おそらく捕まったのだろう。

だが、ヤツとモンゴメリ家を繋ぐ決定的な証拠はない。

仮にあったとしても、我らの秘密を喋ろうとした瞬間、自爆する魔法陣を組んだ。

ヤツから情報が漏洩することはないので、心配する必要はない。

「ギルドマスターのルシンダは、勘づくだろうがな。とはいえ、それも今更の話だ。今はそんなことより――」

偵察員が最後に言い残した言葉だ。

ティア――アルティウス公爵家のウォーレスとローラの間に生まれた子どもで、確か今は三歳だったはず。

噂では、錬金術の力があるらしいが……それがどうしたという話である。

錬金術など、ちょっとしたものが作れるだけの無価値な力だ。

田舎町の鍛冶師や魔導具職人の方が、よっぽど役に立つ。

「ならば……その娘が持っているという『兵器』とやらが、重要か」

今回ギルドを調査させていた偵察員は、元々Aランク冒険者だったと聞く。

ゆえにそう簡単にやられるわけがないが……そんなヤツを葬る兵器？　とんでもない兵器があったものだ。

「そういえば……ジェイクが言っていたぬいぐるみの一件も、ティアとやらが絡んでいたんだったな。もしかしたらアルティウス公爵が護身用に、『兵器』を娘に持たせていたのかもしれない」

だとするなら、そんな貴重なものを我が子に持たせるのも愚かな話だ。

本来、子どもなど親の所有物にすぎない。

役立たずと思えば、すぐに捨ててしまえばいいだけである。

甘い男だ。だからこそ、隙が生じる。

「ヤツらがそんなものを持っているのは、気に食わん」

今後、我らの計画の障害にならないとも限らない。

「丁度いい機会だ。実験もしてみたかったし、例の魔石を使おう」

そうと決まれば、話は早い。

私は前々から考えていた計画を実行に移すべく、席を立つ。

息子のジェイクには渡さなかったが、例の魔石の効力が発揮されれば、元勇者とてタダでは済まん。

広がるのは阿鼻叫喚(あびきょうかん)の図。

アルティウス家の人間は、全滅するだろう。

そしてその混乱に乗じ、我らが遺産整理として、ヤツらが抱えている謎の兵器を頂く。公爵家としての地位を使えば、多少強引な手も使える。

「私の怒りも治まるし、モンゴメリ家はさらなる発展を遂げる。よいことずくめではないか」

いい気味だ。新興貴族のくせに、ヤツらは調子に乗りすぎた。

その代償、きっちり払わせてやる。

# 第五話　毒蜘蛛のパジャマ

【ＳＩＤＥ：ダリル】

奈落の森。

そこに――私は何人かの護衛を引き連れ、訪れていた。

「あとはこれを仕掛ければ……完了だ」

右手には、例の魔石が握られている。

まだ実験途中のものだが、私は既に作戦の成功を確信していた。

くくく……今からあいつらの苦しむ顔が、頭に浮かぶ。

「ダ、ダリル様。さっさとここから出ましょうよ」

「そうです。今は隠匿魔法で気配を消しているから大丈夫なものの……すぐに魔物に気付かれる」

護衛の連中は、口々にそう言っている。

臆病なヤツらだ。

「まあ待て。もう少しだ」

例の魔石を設置し、魔力を送り込む。

……よし、上手くいった。

これは魔物を召喚する魔石を改良し、何度も調整を繰り返したものだった。

周囲の魔物を一箇所に集め、それらを凶暴化させる。

凶暴化した魔物は殺戮（さつりく）の獣と化し、人々を襲う。大群となって押し寄せる凶暴化した魔物を前にしては、さすがの元勇者とて無力だ。

後は明日にでもなれば、ここは人々の悲鳴がこだまする地獄となっているだろう。

「よし——済んだ。戻るぞ」

護衛の者どもに、そう告げる。

彼らからほっと安堵したような雰囲気を感じ取った。

この一件が終われば、彼らも始末しなければならない。そして我らモンゴメリ家の秘密は闇に葬られる。

ほくそ笑み、私はさっとその場から離れた。

窓から朝陽が差し込み、私はゆっくりと上半身を起こす。

「うーん……今日もいい天気でしゅ！」

爽快な朝だ。

最近は毎日が楽しくて、ついつい早めに目が覚めてしまう。

それに……今日は前々から考えていたことを、実行に移そうと思っているからね。

「フーちゃんも、よく眠れまちた？」

「ほほっー！」

フーちゃんのお目々もパッチリ。

「まずはご飯、食べなくっちゃでしゅ」

私は朝の身支度を済ませ、フーちゃんと一緒に食堂へ向かった。

「お父様、お母様、兄様――おはようございましゅ」

「おお、ティア、今日も早いな。いつもひとりで起きられて偉いぞ」

「ありがとうございましゅ！」

食堂に着くと、既にお父様とお母様、兄様の三人は席に着いていた。

私も定位置の兄様の隣に腰を下ろすと程なくして、朝ご飯がテーブルに並べられる。

こんがりと焼けたトーストに、スクランブルエッグ。美味しそうなサラダやオレンジジュースもあって、ぐーっとお腹が鳴った。

まずはオレンジジュースで口の渇きを取ってから、トーストにバターを塗って口に入れる。

……美味しい！

表面はさくっと中はふわっとした食感。バターの豊かな風味が口いっぱい広がり、甘く芳しい香りが食欲をさらにくすぐる。

朝ご飯を美味しく食べていると、

「そういえばティア――そろそろ君も四歳になるね」

兄様がそう話を切り出した。

「もう四歳……時の流れは早いでしゅね」

「君くらいの歳で、そんな風に感じてるとは思ってなかったよ」

くすりと笑うクリフ。

実際、つい最近三歳になったばかりなのに、四歳の誕生日がもう目の前だ。

「四歳の誕生日パーティーのこと、忘れてないわよね？」

次に、今日も見た目麗しいお母様がそう訊ねてきた。

「もちろんでしゅ！」

「よかったわ。今回のパーティーはいつものものとは違う。今のうちから令嬢としてのマナーを覚えなくっちゃね」

そう――。

この国の貴族は四歳になると、他の貴族を招待し、豪華な誕生日パーティーを開くのが通例だ。

四歳になったら、子どもをみんなの前にお披露目するという側面もあるのだという。

今までは「まだ三歳だから」と許されてきたが、これからは私も貴族としてふさわしい行動を心掛けなければならない。

私のせいで、アルティウス公爵家の評判が下がっちゃいけないからね。

「が、頑張りましゅ」

「なあに、ティアだったらすぐに覚えられる。そんなに肩肘張らなくても大丈夫だ」

不安がっている私を、お父様がそう励ましてくれる。

「ってか、貴族の作法やマナーは俺だってまだ、ほとんど覚えてないんだしな」

「あなたはいい加減覚えなさい。これだから、アルティウス公爵は貴族らしくないと陰口を叩かれるのよ」

「ぐ……そう言われると苦しいな。覚えようとしているんだが、どうも貴族の作法ってのは面倒だ」

お母様に嗜められ、お父様が頭を掻いて答えた。

そんなふたりのやり取りを見ているだけで、ほっこりした。

「ふう……ごちそうしゃまでした！」

食べ終わって、すぐに席を立つ。

「ティア、そんなに慌てて……今日はなにをするつもりなんだい？」

「錬金術でもの作りでしゅ！　今日作るものは、一際すごいでしゅよー！　完成したら兄様にもお披露目しましゅね」

「そうかい。楽しみにしているよ。一応言っておくけど……完成しても、使用人たちには見せてはいけないよ」

去りゆく私の背中に、兄様がそう釘を刺した。


自室に戻り、私は早速作業を開始する。

「ふっふっふ、とうとう始められましゅ」

作業台の上に並べたのは、先日街で購入した何反かの布だ。

「始めましゅ。助手のフーちゃん――メシュを」

「ほ？」

手術をする医者になった気分で指示を出してみるが、フーちゃんは「？」と首をかしげるのみだった。

まあ、メスなんて必要ないけどね。気分で言ってみただけだ。

作業を始める前に……窓を開け、部屋の換気をする。外の涼しい空気が中に入ってきて、頭がすっきりした。

続けて私は布を前にして、魔力を放出する。

ぐるぐる、ばーっ。

ルシンダさんに魔力の制御の仕方を教えてもらったおかげか、今までよりも上手くできた気がした。

「完成でしゅ！」

作業台の上には、一着のパジャマができていた。

う～ん、可愛い！

パジャマには小さな蜘蛛のプリントを散りばめている。

二本の触角と八本ある脚が、アンテナみたいで可愛い。

「我ながら、惚れ惚れするでき上がりでしゅ」

名付けて――蜘蛛さんのパジャマ。

パジャマを広げて、うっとりと眺める。

「兄様に見せに行きましょう。フーちゃんも行こっか」

「………」

「フーちゃん？」

フーちゃんに顔を向ける。だけど、フーちゃんはいつもより忙しなく、周りをキョロキョロしていた。

「どうかしまちた――って！　どこ行くんでしゅか⁉」

私が手を伸ばすよりも早く、フーちゃんは急に飛び立ってしまった。

そして開いていた窓から外へ。

あっという間に空に溶け込んで、姿が見えなくなってしまう。

こんな状況……前にも見たことがあるような……。

「そうだ。屋敷の敷地内に魔物が入り込んできた時でしゅ」

だから魔物の警戒をするが……それはなさそう。

もしそんな事態になっていれば、部屋の外が騒がしくなっているからね。

「と、とにかく、早くフーちゃんを探しゃないと！」

急いで部屋から出る。

その時――慌てていたためか、蜘蛛さんのパジャマを持ったまま出てしまった。

【ＳＩＤＥ：フー】

僕はフー！

これでも、立派なフェニックスだ！

今まで気ままに世界を旅していたけど……ひょんなことから悪いヤツに捕まり、力を封じられていた。

なんとかそこからは逃げ出せたけど、体に施された力の封印は解除できなかった。そのせいで道中――ミストゴーストの瘴気に体を侵されてしまった。


――ここで僕は死ぬのかなあ？


ぼんやりとそう思っていたら、神秘的な音楽が急に聞こえてくる。

意識が朦朧とする中、その音楽に身を委ねていると――体を蝕(むしば)んでいた瘴気が消え去り、さらに力の封印も解除されたのだ！

僕の命を救ってくれた恩人の名は――ティア。

三歳の可愛らしい子どもなんだけど、錬金術でいつもすごいものを作る。

そんなティアを毎日観察して、気付いたことがあった。

僕たち神獣は本来――神にお仕えする獣。

下界に降りて神の手伝いをし、世界の平和を守ることがお仕事なんだ。

もっとも、こういった義務感は生まれながらにしてあるもので、本物の神は見たことがないんだけどね。

だからこそ気付いたんだけど、ティアから漏れる魔力はうっすらと頭に刻まれている神の魔力にとても似ている。

まさかティア自身が神ってわけはないんだろうけど、神が使わした『使徒』という可能性は十分に有り得る。

それから僕は、神の使徒かもしれないティアを守るために、生まれてきたんじゃないかって思うようになった。

だったら僕はティアに仕えて、彼女の笑顔を守ろう。

もちろん、ティアに命を救われた恩義もあるし、そうじゃなくても彼女は優しくて可愛いから、ずっと傍にいたいっていう考えもあるんだけどね。ふふふ。

子どもの僕はまだ小さくて、フ・ェ・ニ・ッ・ク・ス・本・来・の・力は出せないけど、成長して大人になったらそれも変わる。どんなことがあっても、ティアを守ることができるだろう。

大人になった僕の姿を見たら、ティアはどんな顔をするのかな？　今から楽しみだ。

そして今日もティアの隣で、彼女のすることを見守っていたら――森の異変を感じ取った。

ぞっとするような寒気だった。

なにかよからぬことが起こっている……。

そう判断した僕はティアから離れ、森に向かった。

彼女が止めてきたけど……ごめん。少しだけ我慢してほしい。

嫌な空気がする方へ飛んでいき辿り着くと――僕はそこで広がっていた光景に声を荒らげる。


『魔物が……集結している⁉』


もちろん、今の僕では人語を発することができないので、声というのは心の中だけど……ね。

この森は魔物が多く棲息している。

だけどここまで一箇所に魔物が集まるのは、明らかな異常事態。

眼下では魔物たちが蠢いていた。数を数えるのも嫌になるほど多いけど、十や二十どころの話ではない。

仮にこれらの魔物が街に解き放たれれば、みんなはパニックを起こすだろう。

しかも魔物は邪悪な魔力に囚われて、正気を失っているようだった。

『しかも……力がどんどん強くなっていく……！』

これが僕の感じた寒気の正体だったんだ。

ただでさえ凶悪な魔物が、正体不明の魔力のせいで、凶暴化――そして強化されていく。

普段の戦う力が一とするなら、今は十。

ティアのお父さんたちも強いけど、この魔物を前にしたら苦戦するかも？

彼らでそうなのだ。

もし、この魔物たちが街に放たれれば――。

『は、早く、魔物たちを蝕んでいる魔力だけでも止めないと！』

その時、集まっている魔物の中心に、小さな魔石があることを発見した。

どうやら、あれが魔物の凶暴化の元凶らしい。

『だったら……せめてあれを取り除けば！』

僕は決死の覚悟で魔物たちの隙間を縫うように飛び、小さな魔石を啄んだ。

よし……！

これで、魔物の凶暴化は止まるはず！

『だけど今いる魔物は、そのままみたいだね』

僕だけでは、どうしても対処できない。

『ティアのお父さんたちに知らせないと！』

魔物の追撃を避け、僕は命からがら屋敷へと逃げ帰るのだった。

「おお、フーちゃんじゃねぇか。そんなところにいたのか」

屋敷に帰ると、ティアのお父さん――ウォーレスを発見した。

「あまり心配をかけるな。ティアが探してたぞ。散歩でもしてたのか？　さっさとティアに顔を見せてやれ」

『気付いて！』

早く森の異常を知らせなければならない。

僕は両翼を上下に振って、ウォーレスに気付いてもらおうとする。

「どうしたんだ？　興奮してやがんな」

ウォーレスはなにかおかしいと察知したようだが、僕の伝えたいことまではわからないようだった。

だが。

「ん……？」

ウォーレスが僕の口元に視線を移す。

「なにか咥(くわ)えてやがんな。それは……魔石か？」

――そうだ！　この魔石があった！

僕がウォーレスの手のひらに魔石を置くと、彼はすぐに異変に気付いた。

「これは……ただの魔石じゃねぇな。魔物を活性化する魔力が込められている」

よかった！　気付いてくれた！

「ほーっ！　ほーっ！」

「森で見つけてきたのか？　もしかしてお前、これを取ってくるためにティアから離れた……？」

「ほーっ！　ほーっ！」

何度も首を縦に振り、僕は再度森に向かって飛ぶ。

「ったく……一体なんだっていうんだ」

ウォーレスは頭を掻き怪訝そうにしていたが、渋々といった感じで僕の後を追いかけてくる。

僕はさっき、一箇所に集まった魔物がいる地点まで、彼を案内した。

「あ、あれは……！」

近くの草木に隠れ、ウォーレスは声を潜める。

「一目では数え切れないくらい魔物が一箇所に集まっていやがる。ここじゃあ初めて見るぜ。しかも普段より凶暴化している。今ここで俺が本気で戦っても、数を十分の一も減らせないくらいに──な」

真剣な眼差しで、魔物の戦力を分析するウォーレス。

その頬から、細い汗が滴り落ちた。

「フー……お前、お手柄だぜ。よく俺に知らせてくれた。もう少しで手遅れになるところだった」

「ほほーっ！」

僕の頭を撫でるウォーレス。

ウォーレスのごつくて大きな手に撫でられるのは、僕も好きなんだけど……今はその気持ちよさに身を委ねている場合じゃなかった。

「とにかく、屋敷に戻って他のみんなにも伝えよう。場合によっては、ギルドに協力を要請する必要もあるな」

そう言って、僕とウォーレスは魔物に気付かれないよう、その場を去った。

「もーっ、フーちゃん！　勝手にお外に行ったら、ダメでしょ！　心配したんでしゅから！」

帰ってきたフーちゃんを、私は叱る。

まあ本気で怒ってるわけじゃないけどね。

でも、フーちゃんはそう感じていないのか、申し訳なさそうに俯いていた。

「あなたの考え通り、この魔石は魔物を誘き寄せて、かつ凶暴化させる効果があるわね。本来の力が十倍くらいに引き出されるかしら」

「なんでそんな魔石があるんだ？」

「詳しく調べるだけの時間はないけど……自然発生したものとは思えないわね。もしかしたら人為的なものなのかも……」

「なんにせよ、今は目の前の脅威でしょう。森に集まっている魔物は、僕たちだけで対処できそうですか？」

「俺とローラが全盛期ならともかく、今ではほぼ不可能だ。だから連絡用の魔石で、ギルドに協力を要請した」


お父様とお母様、兄様の三人はフーちゃんが戻ってから、真剣に話し合っている。

「すぐに来てくれると思うが、それでも戦力的には心許ない」

「ルシンダもこのタイミングで、隣国に出張に行ってるだなんてね。戻ってくるのを待ってたら、魔物が屋敷や街に攻め込んでくるかもしれないわ」

「どうすれば……」

なにやらとても深刻そうだ。

魔物が凶暴化している？

今までこんなことはなかったのに、いきなりどうして？

「ヴィクターは……ダメよね。どこにいるのかも、わからないんだし」

「そうだな。十五年も見つからなかったのに、今更ひょこっと出てくるわけねぇよ。いたとしても、ここまですぐに駆けつけられるとは思えないしな」

ヴィクターさん……？　お父様たちの知り合いだろうか。初めて聞く名前だ。

気になったけど、ここで子どもの私が出しゃばっても、邪魔になるだけ。

とはいえ、なにもできないことに――私はもどかしさを感じた。

「フーちゃん、一緒に隠れておきまちょか……」

しかしフーちゃんは「僕も戦う！」と言わんばかりに、バタバタと翼を動かしていた。

フーちゃんがただのフクロウではなく、強いことには気付いているが……お父様たちが手を焼くほどだ。フーちゃんでは勝てないだろう。

「お父様、私はいつものように隠れておけばいいでしゅか？」

「そうだな。場合によっては、街の方まで逃げてもらう必要があるかもしれない」

「大丈夫だよ、ティア。僕の命にかけても、君は守ってみせるから」

お父様と兄様がそう優しく声をかけてくれる。

今の私にできることは、みんなの足を引っ張らないこと。

私も詳しく話を聞きたいけど、それをしたらさらに邪魔になってしまう。

「わかりまちた」

私が今、すべきことは決まった。

踵を返し、歩き出そうとすると――。

「ちょっと待って、ティア」

お母様にそう呼び止められた。

「なんでしゅか？」

「さっきからパジャマみたいなのを持ってるけど……それはなんなのかしら？」

あっ、そうだ。

フーちゃんを探すのに必死で、蜘蛛さんのパジャマを持ったまま、部屋から出てしまっていたのだ。

満を持して、みんなにお披露目したかったけど……今はそれどころじゃないよね。

「私が錬金術でパジャマを作りまちた。落ち着いたら、みんなでパジャマパーティーがしたいでしゅ」

「錬金術――！」

お母様の表情がさらに真剣味を帯びる。

「ティア、そのパジャマ――もっと近くで見せてくれないかしら？」

どうして、そんなことを言い出すんだろう？

疑問に思ったが、断る理由もない。私は持っていた蜘蛛さんのパジャマを、お母様に手渡した。

「こ、このパジャマ——っ！」

　そしてなにかに気付いたように、お母様が目を見開く。

「可愛いでちょ？」

「ええ……そうね、可愛いわ。ティア、あなたはやっぱり最高よ。これなんだけど——」

　続けてお母様が言った言葉に、私は目をパチパチさせた。

「もっとたくさん作れるかしら？」

【ＳＩＤＥ：ウォーレス】

　俺——ウォーレスは小高い丘の上から、森の中の光景を一望していた。

　眼下には、うじゃうじゃと魔物どもが群がっている。数は……五十体ってところか。

　一体一体が強力。Ａランク冒険者でも、苦戦する相手だ。

　しかもいつ、魔物どもの殺意が爆発してもおかしくない。

　生半可なヤツだったら、この光景を見ただけでも足がすくむだろうな。

「皆――今日は俺の呼びかけに応えてもらい、感謝する」

そしてそんな絶望に挑もうとしているのは、俺たちアルティウス家の三人――さらには街の冒険者たちだった。

全員がBランク以上の強者たちだ。

だが、彼らのような猛者ですら、今の状況には緊張しているようだった。

「話はしたが――奈落の森に棲息する魔物はただでさえ凶悪だ。それらが魔石の効果によって、さらに強くなってやがる。激しい戦いになるとわかっているのに、よくぞ来てくれた」

「いえいえ、元勇者ウォーレス様と共に戦える機会なんて、最高の栄誉ですからね。断る理由がありません」

と集まった冒険者のひとり――ハンクが答える。

彼の冒険者ランクはAランク。モンゴメリ家の長男だったジェイクのような紛い物ではない。

いつもは粗暴なヤツだが、今は恐縮しているようだった。

「それに……これだけの魔物を前にして、逃げるのも愚策。有り得ないことだと思いますが、もしウォーレス様が倒れた場合――魔物は俺たちの街を目指すのでしょうから」

「その通りだ」

「正直、あなたやローラ様がいてくれたとしても、この戦いは分が悪い。覚悟を決める必要があるでしょう。なのに――」

ハンクは一旦俺から視線を外して、周りの冒険者たちを眺めてからこう問う。

「どうして我々は毒蜘蛛のパジャマを着せられているんですか⁉」


そう――。

俺とローラ、クリフを含め、今回集まった冒険者たちには、ティアが錬金術で作ったパジャマを着てもらっている。

今から激しい戦いに赴くというのに、なかなかシュールな光景だった。

皆はハンクと同じことを思っているのか、一様に困惑した表情を浮かべている。

「毒蜘蛛じゃねぇ。可愛い蜘蛛さんだ。そこんとこを間違えんじゃねぇよ」

「い、いや、これのどこが可愛いんですか⁉ 俺、わかりますよ。これ、毒蜘蛛のタランチュラをモデルにしてますよね？ パジャマってだけでも疑問なのに、どうしてこんなものを着せられるんですか！」

「はあー⁉ てめえ『こんなもの』って言いやが――」

「バカ。今はそんなことで言い争ってる場合じゃないでしょ。これで頭を冷やしなさい」

腕まくりをしてハンクに食ってかかろうとすると、口の中にローラになにかを突っ込まれる。

それはサンドイッチだった。

マヨネーズのクリーミーさの中に、辛子のピリッとした刺激がいいアクセントになっている。

「旨い」

「でしょ？　あの子が作ってくれたんだから。よーく、味わいなさい――あなたたちも」

そう言って、ローラは集まった冒険者たちに視線を向ける。

「まだまだ数はあります。みなさん、どうぞ食べてください」

そこでは冒険者に混じって、クリフがバスケットからサンドイッチを取り出し、みんなに配っていた。

冒険者たちは戸惑いながら、サンドイッチを口にする。だが、腹が減っていたからなのだろうか、瞬く間にサンドイッチはなくなっていった。

「まるで、遠足みたいだな……」

ぼそっと呟くハンク。

「……みんな、戸惑ってるみたいだな」

「仕方ないでしょ。私もあの子の力を知っていなかったら、同じことを思ってたしね」

「ですが、僕たちの勝利に必要なものです。必ずや勝って、彼女のところに戻りましょう」

サンドイッチもあらかた配り終え、俺とローラ、クリフは他の冒険者に聞かれないようにそう話をする。

「いいか？　入手経路について詳しくは明かせないが、お前らが今着ているパジャマはどんな鎧よりも頼りになるものだ」

「は、はあ……」

「それはローラだって、保証してくれる。お前らもローラの鑑定魔法については知っているだろう？」

「まあ……ローラ様とウォーレス様が言うなら、そうなんでしょうが」

まだハンクたちは煮え切らない様子だったが、時間をかけて納得してもらうだけの猶予もない。

俺は咳払いをして、

「作戦については事前に説明した通りだ。バラけて戦い、あの魔物どもを殲滅（せんめつ）する。なあに、心配しなくてもいい。俺たちには可愛い聖女様のご加護があるのだからな」

と宣言した。

集まった冒険者たちは「聖女様……？」と首をひねっていた。

【ＳＩＤＥ：ハンク】

俺は冒険者のハンク。

冒険者ランクはAだ。

今日もダンジョンに潜り、魔物を狩ろうと思っていたが……ギルドから緊急事態が宣告された。

なんでも、奈落の森の魔物どもがパワーアップし、我々人間に牙をむこうとしている——とのことだった。

元勇者のウォーレス様が協力を求めてくるくらいだ。彼でさえ手に余る状況なのだろう。

だが、逃げるわけにはいかない。

俺は自分の愛する街を守るため——そしてウォーレス様と共に戦える栄誉のため、奈落の森に向かった。

「なのに……まさかこんなパジャマを着せられるとは」

ウォーレス様は『可愛い蜘蛛さんのパジャマ』と言っていたが、どう見ても毒蜘蛛にしか見えないし禍々しい。

だが、凶暴化した魔物を前に、普段の鎧など紙屑同然だろう。

俺はウォーレス様とローラ様の言葉を信じ、毒蜘蛛のパジャマに袖を通すしかなかった。

「ま……いまいち緊張感のない光景になってしまっていることは否めないが」

そう呟きながら何人かの冒険者と共に、森の中を走る。

そして一体の魔物に遭遇した。

「キ、キンググリズリーだと⁉」

ひとりの冒険者が緊迫した声を上げる。

キンググリズリーは普段でもAランク冒険者くらいしか対処できない、恐ろしい魔物だ。しかも今は魔石の力でパワーアップしている。

果たして……今の俺たちで勝てるのだろうか。

「だが——相手にとって不足なし。まずは俺が先陣を切る！　お前ら、俺の後に続け！」

剣を振り上げ、キンググリズリーに突撃する。キンググリズリーの横払いが飛んできた。

一撃目は躱せた。二撃目も頬に擦りながら、なんとか。

しかし——三撃目の攻撃は回避不可能だった。

キンググリズリーの獰猛な爪が、俺の体を真っ二つに切り裂く——

……はずだったが、攻撃が直撃しても痛さも衝撃もなかった。

「はあ？」

間抜けな声を出してしまう。

咄嗟にキングクリズリーと距離を空ける。

「これは……」

確かに当たった。

一瞬、死の覚悟もした。

それなのに、無傷というのはいかがなものなのか。

キンググリズリーの右腕が接触しようかとする際、それが弾かれてしまった。

その後――キンググリズリーの攻撃を幾度か受けたが、やはり体にダメージは一切ない。

まるで常時、高位の結界魔法を張られているかのようだ。

「ウォーレス様の言っていることは本当だったのだ」

疑っているわけではなかったが――いまいち理解しきれていなかったことは事実だ。

そして――絶対的な守りに自信を持ち、一気呵成に攻め込むと、やがて俺たちはキンググリズリーを追い詰める。

「これで……終わりだ！」

トドメの一撃を放つ。

断末魔を上げ、キンググリズリーは地面に倒れて動かなくなった。

「やりましたね！　ハンクさん！」

「あ、ああ……」

こんなに簡単に、キンググリズリーを倒せるとは思っていなかった。

だが……これならいける。

不思議なことに、戦いの前にサンドイッチを食べてから、体に力が湧いてくるようだった。

戦いの高揚感だけでは説明がつかないと思うが……これも、毒蜘蛛のパジャマのおかげだろうか？

この万能感を逃したくない。

「お前ら、続けて戦うぞ！　どうやら、聖女様のご加護がついてるっていうのは、あながち誇張でもなかったらしい。このパジャマを着た俺たちなら、どんな魔物にも負けん！」

「「「おおおおおお！」」」

鬨(とき)の声が上がる。

さっきまで、心を支配していた絶望感はすっかりなくなっていた。

程なくして、ウォーレス様から作戦成功の報告を受けたのであった。

【ＳＩＤＥ：ウォーレス】

「さすがに今回は肝を冷やしたぜ」

戦いの後始末も終え。

屋敷に帰り、俺は家族と話し合っていた。

「やっぱりティアはすごいですね。そしてあのパジャマを見た瞬間、装備品として使うことを決めた母上の洞察力もさすがでした」

クリフもそう絶賛する。

「私なんて、ティアに比べたら大したことないわよ。彼女のおかげで、みんな無傷のまま戦いを終えることができたんだから」

一方、ローラはそう言って、肩をすくめた。


ティアが作った蜘蛛のパジャマを見て、集まった冒険者は当初戸惑いの表情を浮かべた――。


しかし集まった冒険者は誰もが優秀だ。

一度（ひとたび）戦いが始まると、蜘蛛のパジャマが持つ高い防御力にすぐ気が付いた。

蜘蛛のパジャマには、常時結界が張られているのと同じ効果がある。

そのことから、かつて大昔に結界を張り世界を救ったと言われる、聖女様の名前を借りたが……ティアの正体を明かせないのだから、仕方がない。

「ティアのサンドイッチも、効果が出たようね」

「そうだな。最初にクリフに聞いた時は、まさかただのサンドイッチに……と半信半疑だったが、本当に全ての能力が底上げされているようだった」

無論、戦いの前に差し入れたサンドイッチも、ティアとローラの手によって作られたものだ。

ただでさえ腕に自信のある冒険者たちが、あのサンドイッチを食べることにより、凶暴化した魔物たちと戦える力を得た。

なんにせよ――未曾有（みぞう）の危機は、無事に収束したのだ。

「ティアにも感謝しないといけませんね。今回、彼女も大忙しでしたから」

クリフがそう声を零（こぼ）す。

戻ってきてから、ティアは俺たちの勝利を喜んでくれた。

自分の身を守ることにもなるとはいえ――俺たちの都合に彼女を振り回してしまった。

それなのに文句を言うこともなければ、理由を深く問いただしてもこない。

本当に……聖女様のようだ。

そんな彼女のためなら、俺はなんだってできるだろう。

「だが、まだ戦いは終わってねぇ」

「あなたの言う通りね。まずは今回の事件がどうして起こったのか、ちゃんと解明しなくっちゃ」

ローラはテーブルに視線を移す。

そこには、既に役目を終えた魔石が置かれていた。

「魔物を退けた後、あらためて私はこの魔石を詳しく鑑定したの。そして——やっぱり、この魔石には明らかに人の手が加えられている」

「本当にそのようなことが可能なのでしょうか？　聞いたことがありません」

「長い年月をかけて、研究を繰り返したんでしょうね」

クリフの問いに、ローラは答える。

「おそらく、研究のためには強引な手も使わないといけなかったはず。魔石っていうのはひとつひとつが高価なんだし、資金力も必要になるはずよ」

「長年の研究？　資金力？　そんなことが可能な人物が——あ」

「あなたも気付いたわね、クリフ」

ローラは真剣な表情のまま、こう告げる。

「この魔石に残されていた僅かな魔力——モンゴメリ家が研究しているものと一致するわ。十中八九、今回のことはモンゴメリ家がしでかしたことでしょう」

「ヤツら……っ！　ティアにちょっかいをかけ、ギルドを探っただけではなく、俺たちに危害を加えようとしたのか！？」

怒りが込み上げ、思わずテーブルに拳を叩きつけてしまった。

悪質な連中だとは思っていた。

しかし今回のことは、人の生き死にがかかっている。

ティアの作ったパジャマがなければ、何人か死傷者が出ていたかもしれない。

「モンゴメリ家はなにを考えているんでしょうか？」

とクリフが低い声で問う。

「ちょっと前、ティアの魔法がモンゴメリ家の偵察員に命中したのよね」

「そうですね。まあ、あの時の偵察員からはなにも聞き出せず、モンゴメリ家からかどうかは確証がありませんが」

「もしかしたらその時、ティアの錬金術の力に気付いたんじゃないかしら？　だからモンゴメリ家は今回のことを引き起こし、私たちを抹殺しようとした。その後、ゆっくり調査しようとしたんでしょう。まあ——単純に私たちに腹が立っただけ、というのも考えられるけどね」

「どちらの理由にせよ、許せねぇな」

拳をポキポキと鳴らしながら、俺はこう続ける。

「今まで、悠長にやりすぎていた。しかしもう我慢の限界だ。ティアが関わっているんだしな。やっぱ俺は、貴族らしく行儀よくすることはできないみたいだ」

「僕も父上に同意です。モンゴメリ家は潰すべきです」

クリフも表面上は冷静なものの、その声からは静かな怒りを感じ取れた。

「私もモンゴメリ家に落とし前をつけさせるべきだと思う。ルシンダが出張から帰ってきたら、協力を要請しましょ。だけど……」

——と、ローラの顔に影が帯びる。

「ひとつ気になることがあるの」

「なんだ？」

「モンゴメリ家のしようとしていることよ。今までの噂も含め、彼らはなにをしたかしら？」

ローラに言われ、俺はヤツらのやったことをひとつひとつ思い出す。

彼らは魔物を飼ってまで、魔石を研究していた。その研究結果は目を見張るもので、魔物を召喚したり活性化させる魔石も開発した。

さらには、聖獣フェニックスを実験動物として飼っていた疑惑もかけられている。

こうまでして、モンゴメリ家はなにが目的だったのか。

権力や地位、金を手に入れるためだと思っていたが、ヤツらはただでさえ貴族。まだ欲しているというのか？

だとしたら、どうすれば——。

「ま、まさか……」

俺はある可能性に思い至り、言葉に詰まってしまう。

「あなたも気付いたのね。そう……モンゴメリ家のしていることは、全てひとつの目的に繋がっていたと考えると、辻褄が合うのよ」

もし——彼らの目的が果たされれば、どれだけ面倒なことになるだろうか。

クリフがごくりと唾を飲み込む音が聞こえた。

「俺らが一度封印した魔王の復活。ヤツらはそれを、企んでやがるっていうのか——」

# 第六話　魔王の復活

【ＳＩＤＥ：ダリル】

「くそ……っ！　なんであの魔石を使っても、ヤツらを全滅させられなかった⁉　これでは私の計画が台無しではないか！」

部下からの報告書を受け取り、妻のアンナの前だというのに、声を荒らげてしまった。

魔石を使ったアルティウス家抹殺計画も、結果は失敗。

ヤツらは無傷のまま、戦いを終えたらしい。

「しかも今回の事件を受けて、ギルドが本格的に私たちを調査することになったわ。どうするつもりなのよ――ねえ、ダリル！」

妻のアンナの顔にも、焦りの色が浮かんでいた。

「あなたのせいよ⁉　もう少し、ゆっくりことを進めればよかったじゃない！　どうして、あんな強引な手を使ったのよ！」

「うるさいっ！　お前だって、私の言うことに反対しなかったし、黙って見ていただけではないか！」

反論するが、こんなところでアンナと言い争いをしていても、事態は好転しない。

「一発逆転の手に賭けるしかない――」

「魔王の復活……ね」

「――そうだ。魔王を復活させ、我々がヤツの手綱を握る。それしか勝ち筋はない」

我々はさらなる権力と地位、金を手に入れるため、アンナの発案で魔王の復活を企んでいた。

しかし封印された魔王は、魔界に閉じ込められているのだという。そのために、魔界に干渉する研究を続けていたが、副産物として魔物を召喚する魔石を開発した。

だが、魔王は魔界の王。魔物を召喚するのとは、わけが違った。

「でも、いいの？　魔王復活の研究はまだ途中。そのための特殊な魔力も、解明できていないわ。このままじゃ、魔王を復活させられない」

アンナの言う通りだ。

魔王を復活させるためには、人とは違う特殊な魔力が必要――という結論には辿り着いていた。

そのために、聖獣フェニックスを捕らえたが……どうやら我々の追い求める特殊な魔力ではなかったらしく、アテが外れてしまった。

「だからといって、このまま待っているだけでは我らは破滅だ！　文句を言うなら、代替案を用意しろ！」

　そんなものはなかったのか、アンナも口を噤（つぐ）む。

「わかったわ……だけど、魔王復活のためには他にも、高級で貴重な魔石が必要になってくる」

「それは確か、ルシンダしか持っていなかったんだったな？」

「そうね。今は彼女の館（やかた）内で保管されているはずよ」

「ならば無理やりにでも、盗み出すしかないだろう。だが、他の人を雇って……というのも難しい。どれだけ金を積んでも、ギルドマスターのルシンダを敵に回すような真似は、誰もしたがらないだろうからな」

「だったら……ひとつしか手はないわね」

「ああ――アンナ。ルシンダの裏をかき、魔石を盗み出せるのはお前しかいない。私がアルティウス家とルシンダの気を引きつけておく。お前はその間に、ルシンダの館に潜入しろ」

「わかったわ」

　これで手筈は整った。

　ヤツらもバカなことをしたものだ。

　我らを窮地に陥れたと思っているかもしれないが、実際は逆。追い詰められているのは、ヤツらの方だ。

「最後に勝つのは我々――」

「モンゴメリ公爵家よ」

たったふたりだけで、私たちは元勇者に宣戦布告するのであった。

少し前から、周りが慌ただしい。
先日もお母様に頼まれ蜘蛛さんのパジャマをたくさん作ったのはいいんだけど、それらを持ってみんなは急いで屋敷を出ていった。
日が暮れる頃に帰ってきても、みんなはすぐに会議室に引きこもって、ろくに話を聞けなかったしね。
邪魔しちゃいけないとは、わかっているけど……ここまで蚊帳の外だと、戸惑いの方が大きい。

そして今日の朝も——。

起床して食堂に行くと、既にお父様とお母様——そして兄様の三人が私を待っていた。
そしてお父様が真剣な顔をして、こんなことを言ってきた。
「ティア——悪いが、少しの間ルシンダのところで世話になってくれないか？」

お母様とお兄様の顔も見ると、ふたりも深刻そうな面持ちだ。

「ルシンダさんのところ？　ルシンダさんのおうちってことでしゅか？」

「そうだ」

「どうしてでしゅか？」

「お父さんたちはな、ちょっと屋敷を離れないといけないんだ。使用人はいるが、もし前みたいに魔物が敷地内に入り込んできたら危ないだろう？　念のためだ」

うーん、別にお父様たちが屋敷にいなかったことは、今回が初めてじゃないはずだけど……。

それに――これは私の勘だけど、いつもと雰囲気が違う気がする。

なんというか……とてつもない熱量の決意を、みんなからは感じるのだ。

だけど。

「わかりまちた」

ここで問い詰めても迷惑がかかるだけなので、いつものように頷く。

「ありがとう。必ず帰ってくるから、安心してくれ」

「…………」

「ティア？」

黙っていると、お父様が顔を覗き込んできた。

お父様の言葉から感じる、端々(はしばし)の違和感。

やっぱり問いただしたいけど、私はぐっと堪える。

「……いえ、なんでもありましぇん。でもひとりじゃ寂しいので、フーちゃんも連れていってもいいでしゅか？」

「もちろん、そのつもりだ。ティアになにかあった時、最後の頼みの綱になるのがフーちゃんだからな。準備ができたら、すぐにルシンダのところに向かうが……いいか？」

「わかりまちた。すぐに準備してきましゅ」

と一旦、自室に戻った。

なにかあってもいいように、錬金術で作ったアイテムもバッグに詰めよう。少しは気休めになるはずだ。

ピコピコハンマーに、音楽箱。骸骨騎士のぬいぐるみと、蜘蛛さんのパジャマ。

準備を済ませて、再びお父様たちの前に立つ。

「終わりまちた」

「よし、行くか」

こうして私とフーちゃんは、お父様たちと共に馬車に乗り込んだ。

奈落の森を抜け、あっという間に街に到着。

馬車が停まり、私とフーちゃんだけが降りた。

「……？　お父様たちは、ここでお別れでしゅか？」

「ああ。お父さんたちは、すぐに行かないといけないんだ」

心苦しそうなお父様。

「屋敷ではルシンダが待ってる。ここからは、彼女が寄こす使いが案内してくれるから大丈夫よ」

とお母様が指差す方を見ると、それっぽい人が立っていた。

ここでお父様たちと、お別れみたいだ。

「お利口にしてるんだぞ」

そう言って、お父様は私の前を去ろうとしたが――、

「待ってくだしゃい」

咄嗟に呼び止めた。

「なんだ？」

「これを……」

とお父様に私はあるものを手渡す。

それはフーちゃんとの出会いのきっかけにもなった――音楽箱だ。

「辛くなったら、ここから流れる音楽を聴いてリラックスしてくだしゃい。思い詰めすぎたら、

ダメでしゅよ」

「ティア……！」

お父様は音楽箱を受け取り、私をぎゅーっと抱きしめてくれる。

「ティアは本当に優しい子だ。これがあったら、すぐ近くにティアがいるように感じるよ」

私ができることはこうして、みんなの無事を祈ることだけだ。


今度こそお父様たちと別れ、私はルシンダさんの使いと共に彼女の館に向かった。


建物の中に入ると、満面の笑みを浮かべたルシンダさんに出迎えられた。

「ティアちゃ～ん、よく来たわね」

そう言って、抱きしめてくれる。

花のような香りが鼻腔をくすぐった。

いい香水でも使ってるのかな？　それともシャンプー？

そこにルシンダさんの美貌の秘訣が……。

大人になったら、ルシンダさんに教えを請おう……と、思った。

「ルシンダさん、お世話になりましゅ」

「いいわよ、あなたのお父さんから話は聞いてるから。自分の家だと思ってリラックスしてね」

「ありがとうございましゅ。夜には一緒にパジャマパーティーをしまちょう。ルシンダさんに見てもらいたいものがあるんでしゅ」

「あら、とっても魅力的な提案ね。けど……」

とルシンダさんは頬に手を当て、困り顔になる。

「私もティアちゃんのお父さんたちと一緒に仕事なのよ。悪いけど、今夜はティアちゃんと一緒にはいられない」

「そうだったんでしゅね……」

「で、でも、安心してね！　館には使用人もいるから！　ティアちゃんが寂しい思いをすることはないはずよ！」

確かに……。

ここに来てから、何人かの使用人さんらしき人が忙しく動いているのが目に入る。

執事さんの燕尾服には髑髏マークが刺繍されているし、メイドさんの服は全身真っ黒で可愛らしい。

ルシンダさん、相変わらずいい趣味してるね。

「なにか困ったことがあったら、その人たちに言いなさい」

だけど――やっぱり、ルシンダさんもお父様たちと同様、いつもと様子が違った。

「わかりまちた」

ここでなにも聞かずじまいでいいんだろうか？

「ルシンダさんもお仕事、頑張ってくだしゃいね」

感情に蓋をして、そう応援する。


――私は無力な子どもだ。


ワガママ言って、大人を困らせてはいけない。

言いたいことを我慢しなければならない。

この世界の人たちはみんな優しいけど、前世では様々な悪意をぶつけられた。

その中でも、母は厳しかった。

『言うこと聞かなかったら捨てちゃうわよ』

『あんたはほんとダメな子ね。質問しなくていいの。私の言うことを聞いておけばいいだけ』


……と。

そんな環境で育ち、私はいつしか考えることをやめた。

大人には大人の事情がある――そう思って言葉を引っ込めないと、母にぶたれるからだ。

「…………」

「じゃあそろそろ行ってくるわね。早くティアちゃんのお父さんと合流しなくっちゃ」

とルシンダさんは手を振り、私に背中を向けた。

だけど――館から出ようとするルシンダさんの服の裾を、私は無意識に摑んでしまう。

「ティアちゃん？」

ルシンダさんは不思議そうに私を見る。

こんなこと、聞くつもりはなかった。

だけど……。


「なにかあったんでしゅか？」


気付けば、私の口からはそんな質問が飛び出していた。

「え……？」

「私だって、緊急事態なのはわかりましゅ。そして……お父様たち、危ないことをするんでしゅよね？」

あ――言えた。

自分でも驚いた。

でもここで我慢して、頷くだけなら――私はきっと一生前に進めない。

「ティアちゃん……」

とルシンダさんはしゃがみ、私と視線を合わせる。

そして私の瞳を真っ直ぐ見つめて、こう言ってくれた。

「……あなたはとても賢い子なのね。まだ私はどこかで、あなたは三歳の子どもだ――と侮っていたのかもしれないわ」

「ご、ごめんなしゃい。だけど私……みなさんのことが心配でしゅ」

「ありがとう。確かに、私たちがこれから挑むことは命懸けになるかもしれない。だけど安心してちょうだい」

とルシンダさんは微笑んで、こう続けた。

「私たち、結構強いのよ？」

【SIDE：ウォーレス】

ティアと別れてから、俺たちはモンゴメリ家の屋敷に襲撃をかけた。

メンバーは俺、妻のローラ、息子のクリフ――そしてティアを見届けたのち、合流したルシンダの四人。

これは他の人たちを巻き込まず、被害を拡大させないためだ。

それに万が一、魔王が復活してしまえば、有象無象の冒険者では歯が立たない。

ゆえに四人目の仲間だったヴィクターはいないものの、十五年前、魔王に挑んだ時と同様――俺たちは少数精鋭で挑むことになった。

目的はモンゴメリ家の当主ダリルを捕らえ、ヤツらの企みを未然に阻止すること。

タダで終わらないと思っていたが……既にダリルは俺たちの襲撃を予測しており――。

「ちっ……次から次へと、魔物が湧いてきやがる。こんなもんも用意してやがったのか」

魔物の大群を前に、俺たちは苦戦を強いられている。

ヤツらが魔物を召喚することができる魔石を開発したことは知っていた。

今、ダリルはその魔石を存分に使い、およそ数十体の魔物を召喚したのだ。

「ははは！　我らモンゴメリ家に逆らうから悪いのだ！　これだけの数、さすがの元勇者とて難儀するだろう！」

ダリルは魔物の壁の奥で、高らかに笑っている。

「そうだな。だから……今すぐにでも、やめてくんねえかな？」

「黙れ！　貴族の恥さらしと交渉するつもりはない！」

ダメだ……元より話し合いで解決するとも思っていなかったが、ダリルは俺の話に耳を傾ける気はないらしい。

「おい、てめぇ。調べはついてんだ。お前の目的は魔王の復活だろう？」

「その通りだ。私はこの世界に再び魔王を顕現させ、大地の覇者となる」

かまをかけてみたつもりだったが、ダリルはすんなりと答えた。

今更知られても問題ないと思ったのかもしれない。

「貴様らが苦労して、ようやく封印した魔王！　あの時とは違い、貴様らの力も衰えた。果たして、今の状態で魔王と対等に渡り合えるかな？」

「まあ、無理だろうな。だが……悪いことは言わん。何人たりとも、あの魔王を御することなんてできない。お前も俺たちと一緒に、魔王の遊び相手になるだけだ」

「貴様のような劣等種なら、そうだろうな。しかし私を貴様らと同じにするな。私は神に選ばれた人間！　魔王すらも、手中に収めることができる！」

自信に満ちたダリルの言葉からは、一種の狂気すらも感じた。

こいつは魔王の恐ろしさを知らないんだ。

だからそんなことを言える。

「……ウォーレス、気付いてるかもしれないけど、さっきからモンゴメリ公爵夫人の姿が見えないわ」

戦いながら。

ローラはそう呟いて、俺に目配せをする。

「ああ、気付いてる」

モンゴメリ公爵夫人——名をアンナ。

魔法学校時代のルシンダの級友だった彼女は、ここでも十分戦力になるはずだ。なのに、彼女が戦いに不参加なのは違和感しかなかった。

「ちっ……やはり、これだけでは押し切ることは不可能か」

そんなことを考えていると、不意にダリルが舌打ちをしてそう言った。

「時間も十分に稼げた。ここからは、こ・い・つが貴様らの相手をすることにしよう」

「一体なにを——」

と言葉を発するよりも先に、場が漆黒の光で満たされる。

やがて光が減退した時には、三つの頭を持った異形が現れていた。

「ケルベロス……！」

魔界の番犬と呼ばれ、その力は魔王に肩を並べる。

全長は六～八メートルほどにも及ぶ。その巨体は見る者を圧倒した。

ケルベロスが咆哮を上げると、大地が揺れた。

夜。

私は蜘蛛さんのパジャマに着替え、館の使用人さんにあてがわれた部屋のベッドで横になろうとしていた。

「結局、ルシンダさんは戻ってきましぇんでした」

心配だったけど、私はみんなを信用すると決めた。だったら今の私にできることは、待つことだ。

それに……寂しくなんてないんだからね！

隣にはフーちゃんもいる。

私はひとりじゃない――と思うだけで、随分安心するものだ。

「寝る前に――ちょっとお手洗いに行こっかな」

幽霊が出てきたら怖いから、ピコピコハンマーと骸骨騎士のぬいぐるみも持っていこう。いざという時に役に立ってくれるかもしれないし、持っているだけで勇気が出る。

「フーちゃんも一緒に来ましゅか？」

「ほっほー！」

右手でピコピコハンマー、左手で骸骨騎士のぬいぐるみを持ち、フーちゃんと共にトイレに向かう。

だけど館が広いこともあって、道に迷ってしまった。

「うぅ……ここ、どこでしゅか」

使用人さんたちに聞こうか？

でも、夜ということもあってか、すぐには使用人さんが見つからなかった。

どうしようかと悩んでいると――、

「ん……あの人は……」

廊下の先を歩いている、ひとりのメイドさんを見つけた。

「よかった。すみましぇん――」

声をかけようとするが、寸前でやめる。


あのメイドさん、他の人と着ているものがちょっと違う……？

メイドさんたちが着ている服は、ルシンダさんが選んだセンスのいいもの。

だから、つい目を奪われてしまうんだけど……彼女の着ているものは、微妙に可愛さが足りない気がする。

僅かな違和感。

疑問に思っていると、そのメイドさんは私に気付かず廊下の角を曲がり、姿が見えなくなってしまった。

「なーんか、嫌な予感がしましゅ。追いかけてみましょっか」

「ほほっ！」

息を潜めて、私たちは尾行を開始する。

やがて謎のメイドさんは、館内で一際立派な扉を開け、中に入っていった。

「……？　どうして、そこに？」

もしかしたら、ただの仕事の一環だったのかもしれない。

だけど嫌な予感はなくなるどころか、強くなっていくばかりだ。

私は忍び足で近付き、中の様子を窺う。

「ふふふ、警備が甘いわ。あっちに戦力を割いてしまった分、こっちは手薄になっているってことね。ま、全部計算通りだけど」

メイドさんは邪悪な笑みを浮かべ、なにかを探しているよう。

その部屋は高そうなものが、たくさん置かれていた。

宝物庫なのかな？

「あったわ——これが最後のピース。意外と呆気なかったわね。あとはこれを発動させるための魔力がいるんだけど……とりあえずダリルのところに持っていきましょう。そうすればアルティウス家だって——」

アルティウス家？　私の家名だ。

さすがにここまできて、放っておくわけにはいかない。

「フーちゃんは隠れていてくだしゃい」

私はフーちゃんにそう指示を出してから、彼女の前に姿を現した。

「そこでなにをしているんでしゅか？」

すると彼女は肩をビクンッと上下に震わせ、こちらに顔を向ける。

「あら……あなたはアルティウス家の令嬢じゃない。たかが子どもになにもできないでしょ。ビックリして損しちゃったわ」

とメイドさんは胸を撫で下ろし、こう口にする。

「これを持ち出すよう、ルシンダ様に頼まれているんですよ。あなたは気にせず、早く寝なさい」


　そう言って、彼女が掲げたのは――石のようなものだった。

　夜に溶け込むような黒色の石で、とてもキレイ。

　だけど私の中の違和感はなくなるどころか、さらに強くなっていく。

「ルシンダ様に？　ルシンダさんは今、館にいないはずでしゅ。それなのに頼まれたっていうのは、おかしくないでしゅか？」

「そういえばそうだったわね――でも、子どもが細かいことを気にしなくてもいいんですよ」

　ニッコリと笑うメイドさん。

　しかし私は彼女の笑顔を見て、確信に至る。

　この人――嘘を吐いている。

　こういうなにかを誤魔化すような笑い方は、何度も見た。

　私の母と似ているのだ。

　母といっても今の優しいお母様ではない――前世の、私に自分らしい生き方を我慢させてきた母だ。

　前世の母も男の人を騙す時は、いつもこんな顔だった。

この人が本物のメイドさんなのかどうかはわからないけど、私を嘘で丸め込もうとしているのは確かっぽい。

「嘘……でしゅね。どうしてそんな嘘を吐くんでしゅか？」

「……っ！」

嘘だと断定すると、彼女の表情が見る見るうちに変わる。

「やっぱり……あなたは信用できましぇん。他の人を呼びにいってきましゅ」

「待ちなさい！」

踵を返そうとすると、背中に怒鳴るような声をぶつけられた。

振り返ると、私に優しく語りかけていた姿がまやかしだったかのように、彼女の顔が憎悪で染まっていた。

「子どもだから見逃してあげようって思ったけど、私の計画の邪魔になるなら別だわ。死になさい！」

そう言って、メイドさんは即座に手をかざす。

彼女の手元から炎弾が炸裂する——魔法だ。

「ほーっ！」

フーちゃんが慌てて飛び出し、私を守ろうとしてくれるけど、もう遅い。

炎弾は真っ直ぐに伸び、私に命中して——。

【ＳＩＤＥ：アンナ】

私には前世の記憶がある。

我が子に嫉妬し手をかけ、これからの暗い人生に絶望し、自ら命を絶ったバカな私だ。

死ぬための薬を口にし、意識がなくなった後——次に私が立っていたのは、暗く闇に包まれている場所だった。


『愚かで醜い人間よ。我は邪神。貴様に二度目の人生をプレゼントしよう』


二度目の人生？　プレゼント？　なんのことだ。

愚かで醜いと言われて腹が立ったが、この声の主が何者かわからず耳を傾けていると、続けて邪神と名乗った者は告げた。

『ヤツに後れを取り、邪神と成り下がったのは、なによりの屈辱だ。だが、我はまだ諦めぬ。人間の憎しみこそが、我の糧となる。世界を憎め。せいぜい、我のために働くがよい』

疑問がたくさん浮かんだが、再び意識が遠くなり——戻ったかと思うと、強烈な頭痛が襲いかかってきた。

「あああああああ！」

絶叫する。

私は……一体……。

痛みが治って辺りを見渡すと、どうやらここはお金持ちの家の中らしい。

西洋の貴族の建物？　って感じだ。その一室に私はいた。

「ここは……どこ？」

戸惑っていると、部屋の中にあった姿見鏡に私の姿が映った。

「これが私？」

――我が子を殺してからのストレスで、ボロボロになった肌と髪。

それらがすっきり回復しているどころか、全く別の顔と体に変わっている。

鏡に映る豪奢なドレスを身に纏った私は、まるでお伽話のお姫様のようだ。

続けて鏡の近くにある、これまたお金がかかっていそうなテーブルの上に、一冊の本が置かれていた。

私はそれを手に取る。中の文章を読むと、鮮明にこの体の記憶が甦ってきた。

彼女の名はアンナ。

学生時代は魔法学校に通っていたが、そこではいつもナンバーワンのルシンダの陰に隠れて、常に二番手の位置に甘んじていた。

どうやら彼女はそれを、とても悔しく思っていたらしい。

公爵家に嫁ぎ、ダリルの妻となっても、ルシンダへの対抗心は薄れない。

私が一番じゃないといけない。

世界一の贅沢を。

もっともっと、みんな私を見て！

……と。

「私は……このアンナっていう女の体に、転生したってこと？」

ルシンダへの恨みつらみが書かれている日記帳を読んでいると、徐々に現状への理解が追いついていった。

邪神が力を蓄えるため、私をこの世界——異世界に転生させた。二度目の人生という意味は、そういうことだったんだろう。

「なるほど……アンナの体に私が転生したのも、必然だったかもしれないわね。彼女はルシンダっていう女に、憎しみを募らせていたんだから」

だけど間抜けな女だ。

魔法学校でナンバーツーになれるほどの実力があり、さらに超お金持ちの男性に嫁いだ。

これだけお膳立てされてもいまひとつ地味なのは、彼女に僅かな良心が残っていたから。

地位を向上させるため、なんでもやる。そのためなら、汚いことに手を染めることも厭わない――って。

「私はそんなに甘くない。私があなたを一番にしてあげる」

鏡に再び視線を移すと、今の私はとても邪悪な笑みを浮かべていた。

「アンナ！　大丈夫か!?　悲鳴が聞こえたが……」

情報を整理していると、慌てた様子でひとりの男が部屋に入ってきた。

記憶を照合するとダリル――彼女の夫であることがわかる。

私は彼を見て先ほどの邪悪な表情を引っ込め、優雅に笑う。

「なんでもないわ、あなた。そんなことより、いいことが閃いたの。聞いてくれる？」

私がダリルに言った『いいこと』というのは、魔王を復活させることだ。

アンナとしての記憶が甦ると同時、この世界の成り立ちについても理解できたんだけど……かつて、魔王は世界を恐怖に染め上げたらしいからね。

そんなものを武器として使えれば、誰もが私たちに跪く。そう思ってのことだった。

魔石を量産したのも、最後のピースになると考え聖獣を捕まえたのも――全て魔王復活のため。

だが、あと一歩のところで私たちは元勇者に追い詰められた。

ヤツらもさすがに私たちの企みに気付き、なんとしてでも阻止してくるだろう。

そう思った私たちは、魔王復活の計画を実行に移すことにする。

ダリルが元勇者たちを引きつけている間、私はルシンダ邸のメイドたちに紛れて、最後のピースである魔石を奪取することに決めた。

ルシンダの美的センスがおかしいことは、知っていた。

そして彼女がプロデュースした服を、使用人たちに着せていることも。

こんなこともあろうかと――ルシンダのメイドたちが着ている服を真似て、作っておいた。

ふふふ、私ったら手際がいいのよね。

ただ魔法が得意なだけのルシンダとは違うわ。

あとはこの用意していたメイド服に身を包み、薄暗い夜にでも忍び込めば、誰にも気付かれないだろう。

そして首尾よく計画は進み、私はとうとう館の宝物庫に侵入を果たす。

「ふふふ、警備が甘いわ。あっちに戦力を割いてしまった分、こっちは手薄になっているってことね。ま、それも全部計算通りだけど」

お目当ての魔石は……あった！

この国ではたったひとつしかなく――豪邸が建つと呼ばれるほど希少な魔石だ。

あとはこれに特殊な魔力を流し、気に入らないもの全てを滅ぼすだけ。

――そうだ。もっと欲望を曝け出せ。

――せっかくの二度目の人生。もっと我を楽しませろ。

魔石に触れるとあの時、私をこの世界に転生させた邪神の声が聞こえてきた。

うっさいわね。今、私は気分がいいのよ。

でも……今だけは許してあげようかしら。

前世で不本意な人生を送っていた私は、とうとうこの世界で一番になれるんだから！

魔石を持ち、さっさとこの館から出ようとすると、

「そこでなにをしているんでしゅか？」

――後ろから声をかけられた。

まずい！　気付かれてしまった⁉

目撃者は殺さないと！

そう思って、振り返ると……。

「あら……あなたはアルティウス家の令嬢じゃない。たかが子どもになにもできないでしょ。

ビックリして損しちゃったわ」

幼女がいた。

確か、名前はティア。

三年前にアルティウス家で生まれた子どもだ。

彼女は両手に玩具のハンマーらしきものと、骸骨の気持ち悪いぬいぐるみを持っていた。着ているパジャマも趣味が悪い。

ルシンダに似た、醜悪なセンスをしている。パジャマはこの館に置かれていたものだろうか？

どうして彼女がここにいるかは知らないが……概ね、元勇者たちが娘に被害が及ぶのを恐れ、ここに避難させたってところかしら。

使用人たちに気付かれれば始末する必要があったが、幼女ひとりなら気にしなくてもいいだろう。

万が一騒ぎになって、計画に支障をきたしてはいけない。適当にはぐらかそう。

「ルシンダ様に？　ルシンダさんは今、館にいないはずでしゅ。それなのに頼まれたっていうのは、おかしくないでしゅか？」

「そういえばそうだったわね——でも、子どもが細かいことを気にしなくてもいいんですよ」

そう説明するが、彼女は釈然としない表情。

面倒臭いわね……子どもなんだから、大人の事情に首を突っ込まないでちょうだい！

こいつを見ていると無性にむしゃくしゃしてくる。

初めて会ったはずなのに、とてもそんな気はしない。

あるわけがないのに、目の前の少女が前世での我が子の姿と重なった。

やっぱり殺そうかしら――そう逡巡していると、

「嘘……でしゅね。どうしてそんな嘘を吐くんでしゅか？」

彼女がそんなことを言い出した。

曇りなき眼だ。

ブラフをかけたわけじゃなく、私がメイドでないことを確信しているかのようだった。

彼女の言葉を聞き、私の中でなにかがプッツンと切れる。

「子どもだから見逃してあげようって思ったけど、私の計画の邪魔になるなら別だわ。死になさい！」

踵を返したティアの背中に、私は魔法を放つ。

魔法学校では二番手だったとはいえ――それでも優秀な魔法使いであることには変わりない。

たかが幼女ひとりを殺すなど容易い。

炎弾はティアに命中――

……したかと思うと、炎弾はまるで固い結界に阻まれたかのように消滅してしまった。

「は……？」

きょとんとしてしまう。

消えた……？　何故？

「さっきの魔法でしゅよね？　ダメでしゅよ。屋内で魔法を使ったら危ないことは、子どもの私でもわかりましゅ」

「黙りなさい！」

こうなったら少々大きな音がして、館内にいる者に気付かれようが構わない！

なりふり構わず、私はイライラをぶつけるように魔法を連発した。

しかし。

「騎士しゃん――」

ティアが声を上げたかと思うと、彼女が持っていたぬいぐるみがひとりでに動き出し、魔法の前に立ち塞がった。

たかがぬいぐるみごとき、簡単に焼き払えるはずだけど、魔法が直撃しても焦げ跡すら残っていない。

「しゅ、しゅごい！」

ティアが手を叩き賞賛を口にすると、次に私へ視線を移して。

「もーっ、ダメって言ってるじゃないでしゅか！　いい加減、私も怒りましゅよ！」

「あ、あ……」

腰に手を当てる幼女の姿が、想像上の魔王のものと重なった。

いきなりメイドさんが魔法を撃ってきたと思ったら、それは私の体に当たって消滅してしまった。

「さっきの魔法でしゅよね？　ダメでしゅよ。屋内で魔法を使ったら危ないことは、子どもの私でもわかりましゅ」

「黙りなさい！」

注意しても、彼女は性懲りもなく魔法を連発してきた。

すると……。

「騎士しゃん――」

瞬く間に骸骨騎士のぬいぐるみが手からすり抜け、盾のように魔法の前に立って私を守った。

しかも全弾、魔法が命中したというのに、可愛いフォルムは変わらないまま。

「しゅ、しゅごい！」

冒険者ギルドでジェイクさんに絡まれて以来、骸骨騎士のぬいぐるみは動かなかったけど……ここにきて、私を守ってくれた。

持ってきてよかった。

とはいえ――これで確信した。

メイドさんの使う魔法は、見た目が派手だったから少しビックリしたけど、まず間違いないだろう。


この人、めっちゃ弱い。


私や骸骨騎士のぬいぐるみに、傷ひとつ付けられないなんて……。

ルシンダさんや兄様のふたりが使った魔法に比べたら、激弱だ。

この人はメイドのふりをした、泥棒さんだろうか？

だとしたら、この状況に説明がつく。

「もーっ、ダメって言ってるじゃないでしゅか！　いい加減、私も怒りましゅよ！」

「あ、あ……」

メイドさんは言葉を詰まらせ、ジリジリと後退する。

「やっぱり泥棒さんなんでしゅよね？　弱いんだから、あんまり無茶しちゃいけましぇんよ」

「わ、私が弱い……？　減らず口も休み休み言いなさあああい！」

逃げるのかと思ったら、メイドさん――ってか泥棒さん？　は再び魔法を放とうとする。

そんなことをしても無駄なのに。

嘆息してから、いかに彼女が諦めてくれるのか考えていると――。


ゴゴゴ……！


背中が熱い。

部屋もパッと赤色の光で明るくなった。

振り返ると、

『僕の大切なティアを傷付けようとするなんて……万死に値するよ』


体に炎を纏ったフーちゃんがいた――。

「その姿と炎!?　ま、まさか――」

泥棒さんの顔色が青くなって、ガタガタと震え出した。

『君にはお仕置きする必要があるみたいだね』

――やっぱりだ。

さっきは空耳だと思ったけど、声は確かにフーちゃんから発せられている。

やがて目の前が眩しさで見えなくなるくらい、フーちゃんの纏った炎が激しさを増す。

目の焦点が定まってきて、その全貌を目にすることができた。


それは全身が炎の鳥であった。


可愛いフクロウのフォルムじゃなくなっている。

『僕の炎は邪悪なものしか祓えない。しかしそれについては心配なさそうだ。今の君は、魔物以上に醜悪なんだからね』

「な、なにを……っ」

泥棒さんが言葉を続けようとすると、彼女の体が炎で包まれた。

「あああああ！」

悲鳴を上げる泥棒さん。

『ティアに仇なした罪。その命をもって罪を償え――』

「フーちゃん、ダメ！」

全身から殺気を放つフーちゃんを、私は咄嗟に止める。

「命をもって罪を償えって――こ、殺すつもりでしゅか!?　泥棒さんは確かに悪いことをちました。でも、それはさしゅがにやりすぎなんじゃ……」

『ティアは本当に優しいね。だけど安心して。君の教育に悪いし、殺す気はないよ。ちょっと驚かせたかっただけ』

さっきまでの不穏な空気がなくなり、フーちゃんが優しげに笑った……気がした。

「泥棒さんが……気絶してる？」

視線を向けると、泥棒さんを包んでいた炎はすっかり消え失せ、彼女は床に倒れていた。

「わ、私は悪く、ない……私は、やり直したかった、だけ……」

寝言のように呟き、げっそりとしている泥棒さん。

その姿はまるで、悪夢にうなされているようであった。

『今の炎は、彼女に反省を促すものだ。今頃、夢の中でたっぷりと苦しんでると思うけど、体にダメージはないよ』

「精神に直接攻撃した……ってことでしゅか？」

『正解。よくそんな言葉、知ってるじゃないか』

まるで出来のいい生徒を褒めるかのごとく、フーちゃんが言った。

な、なんだ……。

「ビックリさせないでくだしゃい！」

『ごめんごめん』

「あっ！　というかフーちゃん、喋れたんでしゅね！　今の姿もカッコいいでしゅ！」

これが本来のフーちゃんの姿なのかな？

全身が炎の鳥だなんて……異世界には、不思議な生き物もいるものだ。

『まあ……今だけだろうね。さすがにこの魔力を維持するには、今の僕にはきつすぎる。ティアを守りたいって思ったら、気付けばこの姿になってたんだ』

どうやら、ずっとこの姿でいるのは無理らしい。

今の姿もカッコよくて好きだけど……やっぱり私的には、フクロウみたいなフーちゃんの方が好きかもしれない。

と、それはともかく――。

さすがにこの騒ぎで、他の使用人さんも異常事態に気付いただろう。

すぐに人が集まってきて、泥棒さんは捕まるはずだ。

「一件落着でしゅ……あ」

その時、床に落ちている石が目に入った。

泥棒さんが盗ろうとしたものだ。

私はなんとなく、それを拾い上げる。

「こんなもののために、悪の道に足を踏み入れるなんて……泥棒さんもバカなことをしまちたね。この部屋には、もっと高そうなものがあるのに……」

『……っ⁉　ダメだ、ティア！　すぐにそれを離して！　君の魔力が反応している――』

「え？」

急にフーちゃんの慌てふためいた声が聞こえ、言われた通りにしようとするが――遅かった。

石から黒い光が発せられ――。


「ん……？　もう千年後か？　千年というのも、あっという間だったな」

ひとりの男が私の前に現れたのだ。

【SIDE：ウォーレス】
「ふはは！　元勇者とはいえ、その程度か！　もっと私を楽しませてみろ！」
召喚されたケルベロスとの戦闘中。
ダリルの不快な笑い声が、やけに耳にこびりついた。

「ちっ……」

「挑発に乗っちゃダメよ！　今はケルベロスをなんとかしないと！」

イライラを隠しきれず舌打ちをするが、ローラの声で冷静さを取り戻す。

ケルベロスは元々、魔王に使役されていた存在。

簡単には倒せない。

しかも今は正気を失っており、全てを殺すまで活動を止めないように感じた。

「とっととこいつを片付けなければならないんですがね。モンゴメリ公爵――ダリルはなにかを企んでいる」

「その通りね」

クリフとルシンダも焦りを隠しきれないようだ。

その時であった。

「「「!?」」」

一斉に俺たちは動きを止める。

「ねえ、ウォーレス。あなたも気付いたかしら」

「ああ……街の方から、邪悪な魔力が爆発した。これは……」

「ふはは！　成功だ！」

俺たちがその正体を測りかねていると、ダリルがより一層不快な哄笑（こうしょう）を場に響かせた。

「成功だ！　ようやく我がモンゴメリ家の悲願が果たされたのだ！　アンナ、よくぞやってくれた！　これで世界は我らのものとなる！」

そしてオーケストラの指揮者のように両腕を広げ、こう続けた。

「貴様ら、恐怖で打ち震えるがいい――魔王が復活したのだ！」

「しかし……千年も眠っていたというのに、頭がすっきりしない。この世界の空気も、さほど変わっていないように思える」

ルシンダさんの館。

泥棒さんが落とした魔石を拾い上げたかと思ったら、謎の男が現れた。

困惑した表情を浮かべぶつぶつと呟く彼は、漆黒の髪が無造作に額にかかり、赤い瞳が鋭く光っていた。

若く見えるけど、二十歳くらいかな？　見た目だけじゃ、なんとも言えない。

「あなたは誰でしゅか？」

「ん？」

男はここで、初めて気付いたと言わんばかりに――私へ顔を向けた。

「人の子か。その隣には――なるほど。どうして神聖な存在がここにいるかは知らぬが、なにか面白いことが起こっているようだ」

と彼はフーちゃんも一瞥して、愉快そうに口を動かす。

「おい、人の子よ。今は王国歴何年になる？　それとも千年も経っていれば、暦の言い方も変わっているのか？」

「今？　今は王国歴一九二四年のはずでしゅが……」

「なぬ？」

私が教えてあげると、男は見る見るうちに雰囲気を変え。

「やはり――我が輩が眠ってから、たった十五年しか経過していないではないか。我が輩を無理やり起こすとは、いい度胸だ。そうだな――眠気覚ましに、少し付き合ってもらおう」

『……っ！　ティア、危ない！』

男が手をかざすと、すかさずフーちゃんが前に出た。

体に炎を纏ったまま、彼に突進していく。

「ふむ……我が輩を前にしても、逃げずに立ち向かう度胸、見事なり。だが――」

男にフーちゃんが接触しようかとする瞬間――彼が軽く手を払うと、フーちゃんを包む炎が消えた。

しかもさっきのカッコいい姿ではなく、元の可愛いフクロウに戻ってしまった。

「む……貴様、魔力が安定しておらぬな？　感情が高まって一時的に成人の姿になったみたいだが、まだ幼体だったか。もう少し詳しく調べ――」

と彼がフーちゃんに触れようとした瞬間、

「フーちゃん！」

私は咄嗟に、男とフーちゃんの間に割って入る。

「おっと」

フーちゃんを守るため振るったピコピコハンマーは――彼に簡単に受け止められた。

「お……？」

ピコピコハンマーを握った男の手元が、紫色の炎で包まれる！

え？　どういうこと？

驚いて反射的にピコピコハンマーを離してしまう。

「その手――」

「我が輩を心配してくれているのか？　ならば無用だ」

彼が手元にふっと息を吹きかけると、炎は完全に消え去ってしまった。

「まずはこちらを見せてもらうぞ――」

そしてあらためて、ピコピコハンマーをまじまじと眺めて――

「このハンマーらしき物体――面白いな！　たった十五年で、人間はこのような神具を作れるようになったのか？　――人の子よ、これはどこで手に入れた？」


彼は目を爛々と輝かせ、そう質問してきた。

まるで欲しかった玩具を買ってもらった少年のようだ。

「まずはそれを返してくだしゃい！」

「おお、すまなかったな」

と男は謝り、あっさりと私にピコピコハンマーを返してくれた。

「これは私が作った、ピコピコハンマーでしゅ」

「なぬ？　貴様のような子どもがか？」

「はい、でしゅ。私、錬金術が使えるんでしゅ」

「錬金術……なるほど。よく見れば、貴様が着ている服、そして持っているぬいぐるみも面妖であるな。これほどのものが作れる錬金術師は、魔界にも存在しないぞ」

魔界？

この人はなにを言ってるんだろう？

「それに――我が輩を見て、刃向ってくる人間もなかなかに珍しい。人の子よ、我が輩と少しお喋りをしないか？」

「それはいいんでしゅが……あなたは危ない人じゃないでしゅか？」

そう問いかけると、元の姿に戻ったフーちゃんが、男の前に立ち塞がった。

「ほーっ！　ほーっ！」

抗議するように、両翼を激しく上下させている。

私を守ろうとしてくれているのかな？

「危ない人──か。ふはは！　言い得て妙だな。だが、安心しろ。少なくとも、貴様らに危害を加えるつもりはない。さっきだって軽く手を払ったら、こいつの──」

「フーちゃんでしゅ」

「フーちゃん？　ほほお、そういう名前が付けられているのか。だったら、我が輩もそう呼ばせてもらおう」

彼はさらに話を続ける。

「──フーちゃんの炎が消えるとは思っていなかったのだ。とはいえ、なんにせよ警戒させてしまったのは事実。すまなかった」

とあっさり男は頭を下げる。

「少し付き合ってもらおう──と言ってたのは？」

「ん？　そのままの意味だ。眠気覚ましに、話をしようと思っただけだが？」

首をひねる男。

なんとなくだけど、嘘を吐いていないように感じた。

「ほーっ！　ほーっ！」

しかしフーちゃんはまだ警戒しているのか、相変わらず翼をバタつかせている。

「フーちゃん――大丈夫でしゅ。ありがとね。でもこの人――悪い人じゃないと思うんでしゅ。だから、少しお話しさせてくだしゃい」

「ほ……」

私がお願いすると、少し釈然としない様子ながらも、フーちゃんは男の前からどいた。

「でもお話しする前に――まずは、あなたのお名前を教えてくだしゃい。私はティアといいましゅ」

「ティア――か。いい名だな。我が輩に明確な名前など存在せぬが……人間からはマオウと呼ばれている」

ん……？　よく聞き取れなかった。

「マオさん――でしゅかね？」

「マオ……くくく、少し違うが――好きに呼べ。我が輩に名前など、大した意味はない」

とマオさんはどうでもよさそうに言った。

「それにしても……どうして他の人がやって来ないんでしゅかね？」

さすがに夜とはいえ、これだけの騒ぎなのに誰もやって来ないのは違和感だった。

「ん？　ああ――フーちゃんはともかく、我が輩は貴様とふたりで話がしたかったからな。邪魔者など不要だ。ゆえに認識阻害の結界を張らせてもらった」

「認識阻害？」

「周りの人間は、ここの異常を察知できないというわけだ。まあ……どうでもいいではないか。貴様のことを聞かせてくれ」

と、マオさんは床にどっしりと腰を下ろし、胡座（あぐら）をかいた。

「私のこと……でしゅか。確かに、名前を言うだけでは自己紹介として不十分でちた」

私もマオさんの隣にちょこんと座って、こう口を動かす。

「私はこれでも、アルティウス公爵家の子どもなんでしゅ。お父様はウォーレス、お母様はローラという名前で――」

「ウォーレス？　ローラ？　あ・い・つ・らと同じ名だな。おい、ティアよ。ウォーレスという男は、剣が得意で右腕に星形の傷がないか？」

「はい、その通りでしゅ。お父様はよくその傷跡を、『男の勲章』と自慢してましゅ。なんで知ってるんでしゅか？」

「やはり――か。あいつらの子どもなら、その面白い力も納得できる」

「ひとりで納得してないで、私の質問に答えてくだしゃい」

「我が輩はティアのお父さんとお母さんのふたりと、古い友人だ」

それは――少し驚いた。

お父様とお母様、あまり昔の話をしてくれないんだよね。

だからこういうところで名前が出てくるとは思わなかったし、お父様たちの過去に興味がそそられた。

「もっと詳しく教えてくだしゃい！」

「いいぞ。まあ、子どもに難しい話をしても理解できぬかもだし……わかりやすく説明するぞ。我が輩とウォーレスは――」

マオさんはとつとつと話を始めた。

「我が輩はいつも孤独だった。何故なら、我が輩の遊び相手として、人間は弱すぎるからな。だからこっちの世界に来てから、いつもひとりではあったが……そんな我が輩を満足させてくれる者が現れた。それがウォーレスとローラだ」

「孤独……寂しかったんでしゅね」

私も前世では友達がおらず、学校ではいつもひとりぼっちだったので、マオさんの孤独がわかる気がした。

「お父様とお母様が、初めての友達だったんでしゅか？」

「そうだな。いろいろとバカなこともやったよ。そして……我が輩はとあることをきっかけに、千年の眠りに入ることにした」

「千年！　寝過ぎじゃないでしゅか⁉」

「人間にとっては悠久の時かもしれぬな。しかし我が輩にとっては一瞬だ。何故なら――我が輩は魔族なのだからな」

魔族！

初めて見るけど……この世界において、魔族はよく知られた存在だ。

普段は魔界に棲む生き物で、中には人間社会に溶け込んで生活している魔族もいると聞く。

見た目もいろいろあるみたいだが、マオさんみたいに人間に酷似している魔族も多いらしいしね。

全員が全員、良い魔族というわけではないらしいが……そのあたりは人間と同じだ。

「だが――目覚めたかと思えば、およそ十五年しか経っていなかったということだ」

「だからさっきは怒ってたんでしゅね。どうして、早く起きることになったんでしゅか？」

「ティア……貴様が右手に持っている魔石が原因だろう」

と、マオさんは私の手元に視線を移す。

「これ、魔石だったんでしゅか？」

「そうだ。貴様の中の魔力が、その魔石に反応したのだ。本来なら有り得ないことではあるが――貴様の魔力は少々特殊だ。まるで神から授かったかのような魔力。ウォーレスとローラの子どもだからだろうか？　それだけでは説明がつかんが……」

「特殊……」

冒険者ギルドで魔力測定をしてもらった時、ルシンダさんも私の魔力を『特殊』だと言っていたことを思いだす。

「どうした？　なにか心当たりがあるのか？」

「いえ――ありましぇん」

転生したと言っても信じてもらえないし、言わない方がいい気がする。

そのせいで変にトラブルに巻き込まれ、今の生活がなくなるのは嫌だし。

「そうか。まあ、じきにわかってくることかもしれぬな」

幸いなことに、マオさんはあっさりと追及を諦めてくれた。

「ともあれ早く起こしてしまって、ごめんなしゃい！」

「よい。早く目覚めたおかげで、面白い人間――ティアに出会えたしな。今では貴様に感謝しているほどだ」

マオさんは、そう優しそうな笑みを浮かべる。

これでいろいろと疑問が解けた。

あとの問題はそこで気絶している泥棒さんだけど……意識を取り戻す気配がない。

この魔石を手に入れようとした理由は？

お金目的だろうか？

聞きたいけど、今は無理そうだ。

「マオさんはこれから、どうするつもりなんでしゅか？」

「そうだな……もう一度眠りについてもいいんだが、少し離れたところで気になる反応がある」

一転。

マオさんの表情が真剣味を帯びる。

「どうやら、我が輩のペ・ッ・ト・も目覚めているようだ。そのペットと戦っている者もいる。これは──ウォーレスか？　他にローラやルシンダの反応もあるな」

「あ、ルシンダさんのことも知っているんでしゅね」

「ああ、そうだ。ペットのこともあるが──ティアと話してすっかり目も覚めたし、ウォーレスたちとも久しぶりに話したい。我が輩はヤツらに会いに行く」

そう言って、立ち上がるマオさん。

私も行きたいけど、お邪魔だよね。

そう思ったから、口を閉じていると──、

「ティアも一緒に行くか？」

とマオさんが訊ねてくれた。

「私でしゅか？」

「さっきから行きたそうな顔をしておったからな」

「でも……私が行っても、迷惑になるだけでしゅから」

「迷惑なんかじゃない。それに――大事なのは、ティアがなにをしたいかではないか？　ティアはどうしたいんだ？」

私の目を真っ直ぐ見つめて、問いかけてくるマオさん。


――私も行きたい。


前世みたいに、『物分かりのいい子ども』のままなのは、きっと後悔する。

もう少しで、私も四歳になる。

だから前に進むためにも、私はマオさんについて行き、お父様たちがなにをしているのか確かめる必要があるかもしれない。

「行きたい――でしゅ。私も、お父様たちがなにをしているか知りたいでしゅ」

「そうか、ならば行こう。フーちゃんも来るか？」

「ほーっ！」

マオさんがそう訊ねると、フーちゃんも「当たり前だ！」と言わんばかりに首を縦に振った。

「この泥棒さんはどうしましゅか？」

「泥棒？　……ああ、そこで気を失っている者か。心配しなくてもいい。認識阻害の結界も解くし、すぐに異常に気付いて人が来るだろう。念のため、魔法で拘束しておくか」

パチンッとマオさんが指を鳴らすと、光の縄のようなものが泥棒さんの体に巻きついた。

すごい！　ルシンダさんと一緒だ！

泥棒さんはめっちゃ弱いし、これだけしておけば使用人さんたちも危なくないだろう。

「行くか」

とマオさんが私に手を伸ばす。

なにをするのかな――と思っていると、私を肩車してくれた。

「も、もしかして、このまま走って行くつもりでしゅか？」

「そんなにまどろっこしい真似はしない。転移魔法を使って、一瞬でウォーレスたちの元へ行く」

「そんなの使えるんでしゅね！　しゅごい！」

「なあに、ティアの作るものと比べたら、大したことはない」

そう言うマオさんの声は楽しげだ。

「ピコピコハンマーとそのぬいぐるみも、ちゃんと持ったな？」

「はい、でしゅ！」

「よし――転移発動」

ふわっと体が浮き上がったような感覚がしたかと思うと、すぐ別の場所に風景が変わっていた。

一瞬ルシンダさんの館の庭だと思ったけど……違うみたい。

その場所には、お父様とお母様、兄様とルシンダさん――そして知らない人と、大きな犬がいた。

しかも犬は頭が三つある。

なに、あれ……？　すごく――。

「ティア！」

私に気が付いたお父様が一瞬ぎょっとしながら、駆け寄ってくる。

「どうして来たんだ⁉」

「ごめんなしゃい……でも、マオさんがお父様と話をしたかったらしくって、ついてきまちた」

泣くのを堪えて、そう答えた。

「おいおい、ティアはお前の可愛い娘なんだろ？　せっかく来てくれたのに叱るとは、虐待じゃないか？」

とマオさんが冗談っぽく、フォローを入れてくれる。

「……はあ。やっぱ目覚めてやがったか。いろいろと聞きたいことはあるが、まずはお前のペットをなんとかしなっくちゃならねぇんだよ」

表情を歪めるお父様が後ろを振り返ると——大きな犬が足を上げている最中であった。

その足は私たちを踏み潰そうと、下ろされるが……。

「遅い」

マオさんがそう一言言ったかと思うと——私を抱えたまま跳躍。

近くの地面に着地し、私を下ろした。

「せっかく目覚めたのだから、人間どもが淹れる茶でも飲みたかったが……これでは落ち着いて、話もできぬな」

「だろ？」

お父様も無事に躱したみたいで、マオさんにそう言葉を返した。

さっき、私たちがいた地点にクレーターができている。

あのまま踏み潰されたら、ぺっちゃんこになってたね……。

「ふはは！　マオウよ、ようやく我が元に来たか！」

一方——。

知らない男の人は、高笑いを上げていた。

「マオウよ！　我が声に応えて、力を貸せ！　勇者どもを蹂躙するのだ！」

「なにを言っている？　我が輩は何者にも使役されぬ。ましてや貴様のような下賤（げせん）の者に、協力するつもりはない。不愉快だ」

「え……？」

そう言って馴れ馴れしく近寄ってきた男を、マオさんは右手で払った。

「ぬおおおおおっ！」

男が遥か彼方に吹き飛ばされる。

地面に当たっても勢いは殺しきれず、ずざざざ！　と引きずられ、停止した。

「むかついたから、咄嗟にやってしまったが……あの男は一体なんなのだ？」

「問題ない。あれは今の状況を作り出した元凶だからな」

「ああ……どうりで、変なことを宣っていたわけか。貴様らの友人だったら謝らなければならなかったが、その必要はなさそうだ」

マオさんが男に視線を向けると、彼はぐでーっと横になり気を失っているようだった。

「次は——我が輩のペットをどうするか……だな」

マオさんは気絶した男に一切の興味を失ったのか、次に大きな犬に顔を向ける。

犬は雄叫びを上げ、私たちを見下ろしている。

まるで美味しい料理を前にして、品定めしているかのようだ。

「あれ……マオさんのペットなんでしゅか？　私、あんなに大きな犬を見るのは初めてでしゅ！」

「そうだ。名前をケルベロスという。普段は甘えたがりな性格でな。我が輩に襲いかかってくることなど、なかった」

「甘えがたがり……ねえ」

とお父様が頭を掻く。

「マオさんのペットなのに……どうして、今はあんなことになっているんでしゅか？」

「それは――」

マオさんが答えるよりも早く、ケルベロスが再度足を上げた。


「ティアには手を出させないわ」

「ティアは僕が守る」

「相変わらず、躾がなってない犬ね～」

しかし――今度はお母様と兄様、ルシンダさんが私たちの間に割って入り、ケルベロスの攻撃を受け止めた。
す、すごい！

兄様とルシンダさんが強いのは、なんとなくわかってたけど——お母様もあんなことができたんだ。

私の周りの人って、みんなすごいよね。

その間に、私たちはケルベロスから一旦距離を取り、話を続ける。

「おそらく、ケルベロスも我が輩と同じように無理やり目覚めさせられたのだろう。そのせいで錯乱しているようだ。我が輩のことも認知していないに違いない。この場にいる全員を殺さない限り、ヤツは動きを止めない」

「そ、そんな……」

「なんとかなんねぇのか？」

とお父様がマオさんに質問する。

「ひとつ——方法はある」

そう言って、何故かマオさんは私が持っているピコピコハンマーをチラリと見た。

「しかし、その前にはどちらにせよ、ヤツを落ち着かせる必要がある」

「落ち着かせる……あんなに興奮しているのに、難しそうでしゅね」

「ティアの言う通りだ。いっそのこと、ケルベロスを殺処分してしまう方が早い。目覚めたばかりで我が輩も完全ではないが、それくらいなら容易い」

さ、殺処分⁉

不穏なことを言ったのに、お父様も「それしかねぇか」と納得しているようだった。

しかし。

「ダ、ダメでしゅ！」

――気付けば、私の口からは大きな声が出ていた。

「ただ、甘えたがっている犬さんを殺処分するなんて、マオさんも酷いでしゅ！」

「甘えて……？」

「はい、でしゅ。ケルベロスはマオさんに会えて、興奮しているだけだと思うんでしゅ」

あんなに大きくて三つも頭がある犬は、異世界でも初めて見る。

マオさんは魔界に住んでる人みたいだし、ケルベロスもそうなのかもしれない。

マオさんとお父様は、ケルベロスを殺そうとしているみたいだけど……私はこう思う。


――あんなに可愛い子を、殺すわけにはいかない！


つ・ぶ・ら・な瞳。

チャ・ー・ミ・ン・グな牙。

三つある顔はどれも可愛くて、「僕と遊んで！」と言っているように見えた。

あんな子を殺すだなんて、悲しすぎるよ。

「ワガママを言っているのは、わかっていましゅ。でも……殺さずに、可愛いケルベロスをなんとかすることはできましぇんか？」

「ティアー――」

とお父様が口を開きかけるが、その先の言葉は紡がれなかった。

「ふ……ははは！　魔界の番犬ケルベロスを見て、可愛いなどと抜かしよるか！」

一方――マオさんはとうとう堪えきれないといった感じで、吹き出す。

「貴様はやはり面白い！　さすがはウォーレスの子だ！」

「どうするのかわからないけど、早くして！　これ以上、私たちだけでケルベロスを止められない！」

お母様が顔だけをこちらに向けて、そう非難の声を上げる。

みんな、必死に戦ってくれている。

「まあ待て。すぐに済む」

しかしマオさんは飄々とお母様の声を受け流し、私と視線を合わせてこう口を動かす。

「ならばティアー――我が輩は貴様の可能性に賭ける。貴様が錬金術で作ったものは他にもないか？」

「え、えーっと……」

あるのは右手に握っているピコピコハンマー。左手には骸骨騎士のぬいぐるみ。

身に着けている蜘蛛さんのパジャマ。

家に帰ったら試作品も加えて、もっとあるけど……残念ながら、この場にはそれくらいのはずで……。

「これならどうだ？」

マオさんと話をしていると、お父様が胸元からなにかを取り出して、私たちに見せる。

それは——お守り代わりにお父様に持たせた音楽箱だった。

「ほお……」

マオさんはお父様から音楽箱を受け取り、観察する。

そして目の色を輝かせて。

「これだ——ここから流れる音楽を聴かせれば、ケルベロスを落ち着かせることができる」

「ほ、ほんとでしゅか⁉」

「本当だ。だが、この音楽箱は故障しているように見えるが？」

マオさんの言う通り。

音楽箱は当初、二種類の音楽が聴けるように作ったはずだが……故障しており、今は一種類しか流れない。

兄様とのドライブから戻った後も修理しようとしたけど、やはり上手く直すことはできないままだった。

「故障してるんでしゅ。本当は二種類の音楽が流れるようになってまちた」

「うむ……やはりか。ならティア、今すぐ音楽箱を修理して、もうひとつの音楽が流れるようにしてくれ。その音楽が、ケルベロスをリラックスさせる鍵だ」

「え……でも、本当にできるかどうか……」

「ティアなら大丈夫だ」

とマオさんは大きな手のひらで、私の頭をよしよしと撫でてくれる。

「今のティアならできる。我が輩の言葉を信じろ。ケルベロスを救いたいんだろう？　その気持ちを音楽箱に乗せるのだ」

「わ、わかりまちた……！」

もう頷くしかない。

何故ならそれができなければ、ケルベロスは殺処分されることになってしまうんだから。

「我が輩とウォーレスは戦いに加わり、時間稼ぎをする。ケルベロスを殺さないように上手くやるから、安心しろ」

「約束でしゅよ？」

「ああ——約束だ。ウォーレスもそれでいいな？」

「ああ、もちろんだ。ティアがせっかくワガママを言ってくれたんだからな。俺はそれに応えるだけだ」

とお父様はケルベロスに顔を向ける。

「こいつはティアに近付けさせねえ。フーちゃんは万が一の時のために、ティアの側にいてくれるか？」

「ほーっ！　ほーっ！」

フーちゃんも気合いたっぷりだ。

「あっ……ぬいぐるみが」

左手で持っている骸骨騎士のぬいぐるみがひとりでに私の腕から飛び出し、剣を抜いた。

「ほお！　そいつもティアを守ってくれるようだぞ」

楽しそうに、マオさんが言う。

心強い。お父様たちが戦っていても、フーちゃんとぬいぐるみが一緒にいてくれるなら、へっちゃらだね！

「作戦開始だ！」

マオさんとお父様が地面を蹴り、ケルベロスへ駆けていく。

一方私は、マオさんに言われた通りに、音楽箱の修理に取りかかるのであった。

## 【ＳＩＤＥ：ウォーレス】

ティアが音楽箱を修理している間、俺たちはケルベロスの足止めをしていた。

「ウォーレス――まさか貴様と共闘することになるとはな」

隣で魔王がニヤリと笑う。

「ああ……俺も思ってなかったよ。十五年前、お前と戦ったことがつい最近みたいだ」

十五年前――。

俺は魔王と死闘を繰り広げた。

当初、魔王は邪悪な存在だと思っていた。

しかし剣と言葉を交わしていると、こいつも実は悪いヤツではないことがわかってきた。

こいつにとって、戦いとは遊びそのもの。

人間を殺したことはなく、ただ噂に尾ひれがついて、人々の恐怖の対象になっていただけだったのだ。

だが、このままでは世界が混乱したまま。

そこで俺は魔王と話し合い、こいつには取りあえず千年間魔界で眠ってもらうことにした――というのが事の顚末（てんまつ）である。

もっとも、目覚めたら目覚めたで、すぐに戦いたがるので面倒な存在だとは思っているのだが……。

　こいつのことは嫌いではなかった。

「どうしてティアを連れてきたんだ？」

　俺はティアを危険から遠ざけたかった。

　ゆえに今回のことは伝えず、俺たちだけで来たのに……。

「彼女が来たいと言ったからだ」

「ティアが……か？」

「うむ。どうやらティアは、貴様らのやっていることが知りたかったらしいぞ？　危ないとは薄々思っていそうだったがな――貴様らに似て、強い娘だ」

「――っ！」

　そこで俺は先ほど、ティアが言ったことを思い出していた。

『ワガママを言っているのは、わかっていましゅ。でも……殺さずに、可愛いケルベロスをなんとかすることはできましぇんか？』

　生まれてから、ワガママを言わない子だった。

　だから利口な子だと思っていたが……彼女なりに今まで、我慢していたかもしれない。

「俺は……ティアの願いを、叶えられていなかった」

「ティアを守ろうと思っていたんだろう？　それも悪いことではない。だが、彼女もひとりの人間だ。彼女の意見を尊重すべきだ」

「その通りだな」

ティアにしては珍しく意見すると思ったが、あれも彼女なりの成長なのかもしれない。

娘の成長を、俺は嬉しく思った。

「しかし今は……目の前のことだ！　我が輩も目覚めたばかりで、本来の力を取り戻せていない。ゆっくり話をしている余裕はないぞ！」

そう言って、魔王はケルベロスの横っ腹に打撃をくらわす。

ケルベロスは一瞬ふらついたものの、大したダメージはないようだった。

殺さないように上手くやる——とティアと約束したから、魔王も加減したのだろう。

「お前も……よくティアとの約束を守ろうとしてるな。感謝しているが、そういう性格でもなかっただろう？」

「我が輩も不思議だ。だが、貴様の子だからなのか——ティアは気に入った。あの子を悲しませるようなことは、したくないと考えている」

ケルベロスと距離を取り、そう口にする魔王。

魔王ですら、ティアの魅力に惹かれているのだ。

「俺も……お前と同感だよ。ティアの笑顔を守るためだったら、俺はなんだってできる！」

「父上！　僕も同意です！」

「あの子のためなら、私は命を懸けられるわ」

「あんな可愛い子、なかなかいないもんねぇ」

周りを眺めると、クリフ――ローラ、ルシンダも頷く。

皆、必死になってティアを信じて、戦っていた。

やがて――。


「できまちた！」


ティアの声と同時――音楽が流れる。

「こ、これは……っ！」

それを聞き、俺は言葉を失ってしまう。

その音楽はなんというか……とても歪だったのだ。

脳を掻き乱されるような――そんな曲。

ティアは今回も、この曲を可愛いと思っているんだろう。

しかし――それは、魔界に棲む者どもにとって、天にも昇るような名曲へと昇華したようだ。

「ほほお！　ティアは作曲センスも抜群だな！　ティアらしい、可愛らしい曲だ！」

魔王の声が、場に響き渡る。

恍惚とした表情を浮かべ、音楽に身を任せているようだった。

そしてそれはケルベロスだって同じである。

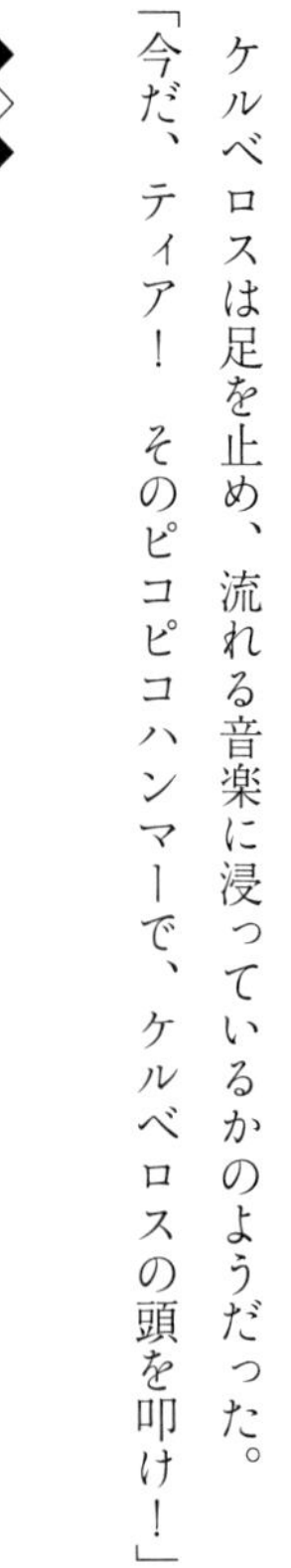

ケルベロスは足を止め、流れる音楽に浸っているかのようだった。
「今だ、ティア！　そのピコピコハンマーで、ケルベロスの頭を叩け！」

みんなの言葉を信じて、諦めずに音楽箱を修理したからなのか——前まではできなかったことが、できるようになっていた。

これも——私が前に進もうと決意したからなのかな。

なんとなくだけど、そう思った。

「今だ、ティア！　そのピコピコハンマーで、ケルベロスの頭を叩け！」

ケルベロスが可愛い音楽を味わっているのを見て、マオさんが私にそう叫ぶ。

ピコピコハンマー……？

疑問には思ったけど、考えているだけの時間の猶予はない。

いつまた、ケルベロスが暴れ出すかわからないからだ。

「でも、どうやって……」

ケルベロスは私の何倍も大きい。

背伸びして手を目一杯伸ばしても、ケルベロスの頭には届かないだろう。

「ほーっ！　ほーっ！」

「ん……？　フーちゃん、足を摑めって言ってるんでしゅか？」

フーちゃんが必死に語りかけるように、私に小さな足を向けていた。

一体なにを——わっ！

ピコピコハンマーを持ったまま、もう片方の手でその足を握ると、フーちゃんが私と共に飛び立った。

「フーちゃん！　意外と力持ちでしゅね！」

でも、相当必死なようだ。

火事場の馬鹿力ってやつかな？　長時間の飛行は無理そう。

だけど——おかげでケルベロスの頭上まで来る。

「暴れるお犬さんは……お仕置きでしゅ！」

そう声を発し、フーちゃんの足を離す。

落下しながら、ピコピコハンマーを振りかざし、ケルベロスの頭を叩く！

ピコンッ！

……と場には似つかわしくない、抜けた音が響いた。

すると、ケルベロスの体が光に包まれ、見る見るうちに縮んでいった。

「よくやった！　――ティア」

落下し続ける私を、お父様が空中で受け止め、そのまま地面に着地する。

そしてその頃には、ケルベロスを包んでいた光もなくなり、その全貌が顕わになる――。


「可愛いでしゅ！」


つい高い声を上げてしまう。

しかしそれも仕方がない。

ピコピコハンマーで叩いたケルベロスの姿は、さっきまでの巨体が嘘だったかのように、子犬くらいのサイズに変わっていたからだ。


「ふう……なんとかなったみたいだね」

「さすがティアね」

「あなたのおかげで、私たちも助かったわ」

そうしていると、兄様とお母様——ルシンダさんも私の元へ駆け寄り、口々に褒めてくれた。

「成功……したんでしゅよね？」

「そうだ。ケルベロスを正気に戻すためには、ティアが持つピコピコハンマーが最後のピースだった。もっとも——」

マオさんは顎を手で撫で、ちっちゃくなったケルベロスを眺めながらこう言う。

「……このような姿に変わるのは、予想外だったがな。ティアの作るものは、我が輩ですら完全に解明できないようだ」

うーん……マオさんにもわからないみたい。

なんにせよ、一件落着というのは事実だ。私はほっと胸を撫で下ろす。

「きゃんっ、きゃんっ！」

「ティア——」

ケルベロスが可愛い鳴き声を上げ、私に向かってくると、お父様が止めようとしたが——マオさんが途中で制止していた。

駆け出したケルベロスはそのまま、私の胸に飛び込んだ。

「わあ！　もふもふでしゅー！」

勢いに負けて倒れてしまうが、幸いにも下は柔らかい芝生。ノーダメージだった。

もふもふのケルベロスに舐められ、顔がべちょべちょになった。

でも……可愛いからよし！


「ケ、ケルベロスがティアに懐いてやがるっていうのか？」

「魔界の番犬……なんですよね？」

「うちの子は、どこまで私たちの想像の上を行くのかしら」


お父様と兄様、お母様の順番でそう口にして。


「ふふふ、ティアとケルベロスが戯れている図、見ているだけで癒やされるわ～」

「ふはは！　魔界の番犬すら、ティアの前ではただの可愛い子犬か！」

「ほっほー！」


ルシンダさん、マオさん、フーちゃんも朗らかな笑顔を浮かべたまま、私を眺めていた。

本当にこの子――ケルベロス、可愛いね。

もし、可能なら――。

「あいつ、これから魔界に連れて帰んのか？」

お父様が視線でケルベロスを示し、マオさんに訊ねる。

「そうだな——元来なら、それでもいいだろう。我が輩もこれからはケルベロスの世話をしている暇はないからな」

「これからは？」

「この世界には、もっと楽しいことがありそうだからな。だが——ティアがなにか言いたそうだ」

そう言って、マオさんは私に視線を移す。

マオさんは、私の考えていることなんてお見通しみたい。

「マオさん、いいんでしゅか？」

「いいぞ。そいつだって、ティアの側にいた方が幸せだ。貴様が言いたいことを、口にするがいい」

よし……！　マオさんにも背中を押してもらった。

今だったら言えるかもしれない。

「あ、あの、お母様」

「なにかしら？」

うっ……お母様の顔を見ていたら、決意が揺らいでしまいそうになった。

だけど私は必要以上に我慢することは、やめたのだ！

お母様から目を逸らさず、私はありったけの勇気を出す。

「この子……飼ってもいいでしゅか？」

「…………」

お母様はすぐに答えを口にせず、他のみんなを見渡す。

みんなは少し間を空けた後、一様に頷いた。

「ティア、あなたも成長したわね。ちゃんと目を見て、自分の思いを伝えてくれてる。お母さんも嬉しい」

「だったら――」

「ええ――いいわよ。だけど、ティアもちゃんとお世話をするのよ？」

「はい！　散歩もティアがやりましゅ！」

よかった！

これでフーちゃんに続いて、もふもふの可愛い家族が増えました！

先ほどまでの物々しい雰囲気が嘘のように、場には優しい空気が流れていた。

ともあれ――こうして一連の事件の幕は下りたのであった。

# エピローグ

あれから幾分かの月日が経ち――。

とうとう、私の四歳の誕生日パーティーが開かれた。

「ティア、四歳の誕生日おめでとう。今日の君は可愛いだけじゃなく、とってもキレイだよ」

きっちりしたフォーマルな衣装に身を包んだ兄様が、私をそう褒めてくれる。

現在――私はパーティー会場にいる。

ちなみに、パーティー会場はルシンダさんの館を借りている。

うちでやってもいいんだけど、そのためには出席者の人たちが奈落の森を通らないといけないからね。みんなの安全も考え、ここでやることになったのだ。

パーティーには煌(きら)びやかな服に身を包んだ人たちが、たくさんいた。中には私と同じくらいの歳の子どももいて、そのおかげで若干緊張が和らいだ。

「ありがとうございましゅ！　兄様もカッコいいでしゅよ」

「ありがとう」

と兄様は爽やかな微笑みを浮かべた。

「おう、ティア。どうだ？　緊張していないか？」

「ティアだったら、大丈夫よ。私たちなんかより、何倍もしっかりしてるから」

「ティアちゃんの可愛さで、み～んなをメロメロにしちゃいましょうよ」

兄様と話していると——お父様とお母様、ルシンダさんが来て、口々にそう言ってくれる。

お母様とルシンダさんのふたりもいつもよりキレイで、何度も見てしまう。

お父様も珍しくきっちりした服装なんだけど、窮屈そうだ。その証拠に——なにか違和感があるのか、先ほどから何度か肩を回して、服の生地を伸ばしていた。

「はい！　ばっちりでしゅ！　ルシンダさん、今日はパーティーのために館を貸ちていただいて、ありがとうございましゅ」

「いいのよ。そんなことより、ティアちゃんの大事な日を彩ることができて、こちらこそ嬉しいわ～」

ルシンダさんはそう言って、私を抱きしめてくれた。

「それにしても——」

ルシンダさんにほっぺをすりすりされていると、お父様がこう口にする。

「無事にパーティーを開催できて、本当によかったな。モンゴメリ家とごたごたがあった時は、どうなることやらと思っていた」

「その通りですね。ですが、万事上手くいきましたし、言うことなしじゃないでしょうか」

とお父様の言葉に、兄様が答える。


——あの事件の顛末は、私もお父様たちから説明してもらっている。


事件の首謀者は、モンゴメリ公爵家という貴族。

魔石や魔物の怪しげな研究に手を染め、ギルドも以前から目を付けていたらしい。

モンゴメリ家はその実験のために、魔族であるマオさんの協力を仰ごうとした。

泥棒さんも、モンゴメリ家の夫人だったみたいだね。

しかしマオさんは千年の眠りについている真っ最中。

そこで無理やり叩き起こし、その副作用でケルベロスも目覚めさせることになったんだけど……マオさんは端(はな)から彼らに協力する気はなかった。

これにより、モンゴメリ家の企みは失敗。

騒動を起こしたモンゴメリ家には罰が下された。爵位は取り下げ。彼ら自身も牢獄の中に入れられ、今は惨めな日々を過ごしているという。

「モンゴメリ家の研究は褒められることじゃなかったけど、有益なものも多いしね。いろいろ情報を聞き出さないといけない。死刑になってもおかしくなかったけど、一応それは免れたってわけ」

ルシンダさんがそう口にする。

「ヤツらの屋敷を捜査したら、出るわ出るわ。この研究結果は、私が有効に使ってあげましょ。ふふふ……」

「マ、マオさんも災難でちたね」

ほくそ笑んでいるルシンダさんが怖かったので、私は強引に話の矛先を変える。

「そうだな。千年眠るつもりだったのに、十五年で起こされたらたまったもんじゃない。だが――」

とお父様が言葉を続けようとした時であった。

「おお――ティア、こんなところにいたのか。ちゃんと飯を食べているのか？」

――マオさんがこちらに歩み寄ってきた。

両手が料理の皿で塞がっている。

どうやら、マオさんはマオさんなりにパーティーを楽しんでいるようだ。

「いえ、あまり……。食事は緊張で喉が通らないんでしゅ」

「なんだ、そうだったのか。せっかくこんなに美味な飯が出ているのだ。食べないと、もったいないぞ」

「ティアをお前と一緒にすんじゃねぇよ」

嘆息し、マオさんの脇を小突くお父様。

――マオさんは今回の事件を終えて、再び眠りにつくはずだった。

しかし。


『世界がこんなに面白そうになっているのだ。寝る暇なんてない』


ニヤリと笑って、そう言ったマオさんの顔は今でも目に焼きついている。

あの時のお父様は、少し釈然としないような表情を浮かべていたが――私は大歓迎！

だって、マオさんともっとお喋りしたかったからね！

「人間どもの料理は美味なものが多いからな。魔界では腹を満たすことが最優先で、味気のないものしかない。この食文化を人間はもっと誇るべきだと思うぞ」

そう言ってから、犬のように料理に齧りつくマオさん。

「美味しいのはいいんだけど……あなたはもっとマナーを覚えなさい。しばらく、人間社会に溶け込んで生活していくつもりなんでしょ？」

お母様がそんなマオさんの行動を嗜めるが、彼は意に介した様子はない。

「ん……別にいいではないか。そういえばティア、ケルベロスは元気にしているか？」

「ケルベロス――ケルちゃんのことでしゅね？　もちろんでしゅ！」

元々マオさんのペットだった、ケルベロス。

名前を『ケルちゃん』にして、うちで飼うことになったんだけど……今日はフーちゃんと一緒にお留守番。

本当は連れて来たかったけど、お父様たちに止められた。なんでだろう？

「あ――聞いてください、マオしゃん」

「なんだ？」

「今日のパーティーのために、ケルちゃんのマークが入ったバッジを錬金術で作ったんでしゅ。それを服に付けてこようかと思ったら……お父様たちに反対しゃれて……」

「おお、それは酷い話だな。ウォーレス、どうしてそんなことをする？」

厳しい目線をお父様に向けるマオさん。

するとお父様はマオさんの耳元に口を寄せて。

「……だってそのバッジ、ありとあらゆる魔法耐性が付与されていたんだぜ？　そんなもん付けてたら、ティアの力が明るみに出るかもしれねえだろうが」

「それもそうだな。ただでさえ先の事件で、ティアの力は露呈しそうになった。付けておかない方が無難か」

……コソコソとなにかを話していたが、よく聞こえなかった。

「あ、そうです。私は他の方々にご挨拶をしてきます。まだ、お話できてない人も多いですから……」

「大丈夫ぅ？　お姉さんが一緒についていってあげよっか？」

「ルシンダさん、お気遣いありがとうございましゅ。でも……大丈夫でしゅ！」

ぐっと握り拳を作って、私はこう続ける。

「私も四歳になりまちたから！　これからは、大人のみなさんに甘えてばかりではいけましぇん」

「立派ね」

「いえいえ、ルシンダさんたちに比べたら、私もまだまだでしゅ。というわけで――頑張ってきましゅね！」

と、私はお父様たちから離れるのであった。

## 【ＳＩＤＥ：ウォーレス】

ドレス姿のティアの背中を見ながら、妻のローラに俺はこう訊ねる。

「ティアをひとりで行かせて、大丈夫か？」

「心配いらないわよ。ティアは意外と大人だからね。それは先の事件でもわかったでしょ？」

ローラがくすりと笑って、そう答える。

「ですが、父上の心配も無理はないでしょう。普通の四歳の女の子なら心配無用かもしれませんが、ティアはそうではありません」

クリフはどちらかというと、俺の肩を持ってくれる。

「そうね。場合によっては、世界の命運を握るほどの存在。モンゴメリ家の一件だって……ティアがいなかったら、どうなっていたことやら」

ルシンダは肩をすくめて、苦笑していた。

「あれからたった十五年で、人間どもも面白くなったものだ。まさかティアなんて子が、この世界に生まれるとは」

と魔王——マオは面白がっているようだ。

魔王が目覚めた——と知られれば、大変な騒ぎになってしまう。

なのでマオのことは魔王ではなく、ただの普通の魔族として強引に通すことにした。

周囲を誤魔化すため、マオって呼ぶのはまだ慣れないけどな。

これも世界の平穏のためである。

「あなたが封印から解かれたのも、ティアの特殊な魔力が反応したからなのよね？」

愉快そうな顔をするマオに、ローラがそう訊ねる。

「うむ、まだ推測の域だがな」

「ティアちゃんの魔力を測定した時、水晶に花が咲いたわ。その時からおかしいと思ってたけど、まさかここまでだったなんて……」

ルシンダの言う通りだ。

そもそも、魔王の封印は解かれるようにできていなかったのだ。千年が経ち、魔王が覚醒すれば自然と解かれるはずだった。

簡単に外部からこじ開けられるなら、封印の意味がないからな。

いろいろと画策していたモンゴメリ家も、結局封印を解くための最後のピースは、『特殊な魔力』としか結論付けられなかった。

だが、封印はティアの手によって解かれた。

これは、どのような意味を持つのだろうか？

……まだわからない。

しかし普通でないことは確かだ。これから先も、ティアの魔力と錬金術を巡って、面倒なことが起こるだろう。

「はあ……」

そのことを考えると、俺の口から溜め息が出ていた。

「俺は苦労が絶えないよ。ティアが普通の可愛い子として生まれてくれれば——と思ったこともある」

「悔いているのか？」

「悔いる？　そんなバカな」

と俺は首を左右に振る。

「あんなに可愛いティアのためなら、どれだけ苦労をかけられても構わないぜ」

「ふはは！　貴様も親バカになったものだな。だが——ティアの力については隠さねばならぬのには変わりない。あの子の錬金術は、世界のパワーバランスを崩しかねない」

マオの言う通りだった。

モンゴメリ家との一件は、ルシンダが奔走してくれたおかげで、ティアについてはなんとか周囲に知られずにすんでいる。

しかしそれも時間の問題だ。

勘のいい連中はなにか察しているだろうし、今後ティアが人前に出ることによって少しずつ露呈していくだろう。

厄介ごとはモンゴメリ家だけではなく、他にも様々な思惑が交錯している。

ティアが危険に巻き込まれるかもしれない。

「お前もせっかく眠りから目覚めたんだ。ティアの今後については、俺たちに協力してもらうぞ」

「無論だ。あの子には、我が輩が手を貸すだけの価値がある」

不敵に笑うマオ。

そんなやり取りをしていると、ティアがひとりの貴族に声をかけているのが視界に映った。

見守る――とは決めたものの、ティアがなにか変なことを口走らないかとハラハラする。

それは他のみんなも同じだったようで。


「ティアのことは、みんなで守りましょう。彼女が幸せに生きられるように――」

「そうですね。僕も可愛い妹を全力で守ります」

「ギルドマスターとしての権限をフルに使っても、ティアに降りかかる火の粉は全部払ってあげるわ～」

「十五年前はたかがひとりの子どもに、我が輩が心動かされるとは思っていなかったな。ティアからは目が離せない」

と口々にそう言った。

俺たちの思いはひとつ。

それはすなわち――


ティアのことは、まだまだほっておけない！


ということだった。

「楽しい日々になりそうだな」

今後もティアを中心として、俺たちの時は流れていくだろう。

# エピローグ２　ジェイクのその後

一週間かかって。

僕――ジェイクはようやく目的の街に辿り着いても、怒りが収まっていなかった。

「くそっ！　僕のなにが悪かったっていうんだ！　父上もおかしい！」

地団駄を踏む。

冒険者ギルドでの出来事を咎められ、モンゴメリ家を追放されてしまった。

うるさいガキが、ギルドで騒いでいたのは事実だ。僕はそれを注意しただけなのに……どうして、こんな目に遭う⁉

「母上も母上だ。僕が追放されるっていうのに、かばってくれなかった」

あの時、僕を見つめる母上の冷たい視線を思い出して、さらに怒りが増していく。

少々嫉妬深いところはあったが、あくまで僕の前では優しい母上だった。

そうじゃなくなったのは、およそ三年前。

あの頃から、母上はおかしくなった。まるでなにかに駆られるように、魔石や魔物の研究に没頭し、僕を見てくれなくなった。

「どうして、母上は変わってしまったんだろうか……まるで別の人格が乗り移ったみたいで……」

いけない、いけない。

そんな荒唐無稽なことを考えている場合じゃない。

今日は疲れた。もう恥ずかしくて、あの街にはいられないので、ここまで馬車を乗り継いで来たが……それが辛いのなんのって。

今まで、高級な馬車にしか乗ってこなかった。ゆえに、劣悪な馬車というのは乗っているだけで気力をごっそり削られるものだと初めて知った。

僕は慣れない街を彷徨(さまよ)いながら、やがて宿らしき建物まで辿り着く。

「おい、泊まらせろ。一番いい部屋を用意するんだな」

手切れ金としてもらった資金を受け付けのテーブルにどさっと置きながら、僕はそう告げる。

店主らしき男は怪訝そうな目つきで、僕と手切れ金が入った小袋を交互に見た。

「挨拶もなしに、いきなりそれかよ。親から礼儀を教えられてこなかったみたいだな」

「なんだと!?」

店主の無遠慮な言葉に、僕は声を荒らげる。

「僕を誰だと思っているんだ！　僕はモンゴメ——」

そこで言葉に詰まる。

今は家名であるモンゴメリも取り上げられ、平民落ちになっているんだった……。

遠くの街までやって来たので、たかが宿屋の店主ごときが僕の事情について知っているとは思えないが、万が一がある。

口を閉じ、黙って店主を睨む。

「誰だって？　そんなの知らねえよ。この街じゃ、見慣れない顔だしな」

頭を掻く店主。

そして小袋の中を確認した。

「……どちらにせよ、こんな少額じゃ、一番いい部屋どころか最底辺の部屋にも泊まれねえよ」

「はあ⁉」

「お前さんもなにか事情があるかもしれないが、こっちも商売でやってんだ。帰ってくれ」

店主はしっしと僕を手で払う。

こんな失礼な店主がいる宿屋に泊まってやる義理もないので、僕は奪うように手切れ金が入った小袋を取り上げて、その場を去る。

「なにも宿屋はここだけじゃない。もっと、ちゃんとしたところに泊まろう」


——だが、どこに行っても同じような反応だった。

これじゃあ部屋を用意できない。

世間知らずのおぼっちゃまなのか……？　と。

「宿がこんなに高いって知らなかった……馬車の運賃で、手切れ金をほとんど使い果たしてしまったし……」

今まで金なら、家から無尽蔵に出ていた。

宿屋の手配だって他の人にやってもらって、自分でしたことがない。

だから宿屋に泊まるためにはいくらくらいが必要か、よくわかっていなかったのだ。

「しょうがない。今日のところは野宿をするか」

その後、橋の下で一晩を過ごした。

下は固い地面だし、寒いやらでよく眠れなかった。

翌日から、街の冒険者ギルドを訪れて、新たに冒険者ライセンスを取得した。

遺憾なことではあるが、両親からの手切れ金もじきに尽きる。生活していくためには金を稼がなければならなかった。

幸い、冒険者ギルドというのは基本的にその街や地域によって担当が分かれている。

この街の冒険者ギルドは、憎きルシンダのいる冒険者ギルドの所轄外。気分を一新して冒険者を始めることができる。

もっとも、冒険者を辞めることになった経緯は喋れないので、最低ランクのFからのスタートとなったが……僕ならすぐにランクを上げることができるだろう。

準備運動にと、僕は依頼を受け、街近くの森で魔物を狩ることにした。

しかしここでトラブル発生。

「ど、どうして、僕の攻撃が通用しないんだ⁉」

戸惑いの声を上げる。

元Aランク冒険者の僕だったら、よほどの強敵じゃない限り、魔物にてこずることはなかった。

しかし結果は散々。

今も魔物のシャドウウルフからなんとか逃げてきて、ボロボロになりながら身を潜めていた。

「以前の僕だったら、シャドウウルフを倒すくらい楽勝だったのに……そういえば、僕ひとりで魔物と戦うのは初めてだったかもしれない。いつも仲間がいた」

だが、平民落ちになってから彼らに別れも告げず、僕はひとりでこんな遠い場所まで来てしまった。

魔物に苦戦する理由は、それだけじゃない。

まだ貴族でいるうちは、高級な装備品を身に付けていた。剣一本で豪邸が建つほどのものだ。

しかし追放される際、今まで使っていた装備品は全て取り上げられ、代わりに渡されたのが子どもが使うような銅剣。

こんな剣じゃ、シャドウウルフの皮膚に傷すらも付けられないし、なによりすぐに刃こぼれする。

よくよく考えたら、これで魔物と戦うなどとは、なんと無謀すぎることか。

「もしや……僕は弱かったのか？　僕がAランクになれていたのは、仲間や装備品のおかげで……」

言いかけたところで、首をブンブンと横に振る。

「いや！　そんなはずがあるまい！　さっきのはたまたま調子が悪かっただけだ！　僕なら今の状態でも、シャドウウルフくらいなら勝てるはず！」

そうだ。なにを自信を失っているんだ。

僕はジェイク。

モンゴメリなんていう飾りの家名がなくても、天才の僕だったら、ひとりでも楽に成り上がっていけるはず。

再び気力を取り戻し、僕は足を前に踏み出した。


……あれから、どれくらいの日々が経っただろう。

相変わらず僕は宿屋に泊まれる金もなく、何度も固い地面の上で夜を過ごしていた。

冒険者にもなったものの、まともに魔物と戦えない。

なんとか命懸けで倒せた魔物も弱く、それから取れる素材を換金しても、雀の涙ほどにしかならなかった。

「ああ……僕は……ひとりでは、生きていけないんだ……」

ここまでくれば、否応なしにわかる。

今まで、おんぶに抱っこで生きてきた。周囲から煽（おだ）てられ……お膳立てされ……いい気になってきた。

だが、貴族という看板を取っ払い、ひとりになった自分はなんて弱いんだろうか。

ろくに宿屋に泊まる金を稼ぐこともできない。生活力もなく、贅沢の方法しか知らない。

「は、はは……愚かだね……」

今日も横になりながら夜空を見上げ、これまでの行いを振り返っていると、瞳から涙が零れた。

どこで僕は間違えたんだろう？

至れり尽くせりの過去の日々が脳内に流れると、無性に悲しくなって、同時に悔しくなった。

「——おいおい、こんなとこでなにをやってんだ？」

気付くと――ひとりの男が立っており、僕に声をかけた。

「ほっておいてくれ。僕はひとりになりたいんだ」

涙を拭い、そう言葉を吐き捨てると、意外にも僕を見下ろす男の口元に浮かんだのは笑みだった。

「おめーみたいなガキが、ひとりで黄昏(たそが)れるなんてまだ早いぜ。そういうのは、おっさんの特権だ」

「……僕を憐(あわ)れんでいるのか？」

「憐れむ？　違うな。こんなところで未来あるガキが泣きながら寝ていたら、俺じゃなくても気になるだろーが」

どっこいしょ――と男は言い、僕の隣に胡座を掻く。

「おめー、親は？」

「……勘当された。僕がバカだったばっかりに」

「へー。まあ、珍しくもねー話だがな。こういうのに首を突っ込む主義じゃねーが、ますます気になる」

「おい、おっさん。さっきからぶつぶつ言ってるが、名乗ることもできないのか？」

「失礼した」

そう言って、男は座りながら一礼して。

「俺の名は――ヴィクター。『風来の英雄』って呼ぶヤツもいるな。おめーと同じで家もなく、そこらへんを彷徨うおっさんだ」

――ヴィクター。

どこかで聞いたことがある名だ。風来の英雄という呼び名も、聞き覚えがある。

だが、それがなんだったのか思い出せず、心の中で首をひねるしかなかった。

「……なあ。おめー、これからどうなりたい？」

「どう……なりたい？」

「このまま、宿無しの生活を続けるつもりか？　おめーはそれで満足するとでも？」

試すような口調でヴィクターがそう告げる。

どうなりたい――。

なるほど。ここに来てから日々を生きることで必死で、目標なんて考えたことがなかった。

こんな不審なおっさん、無視してもよかったが、不思議なことにその言葉には吸い込まれるような魅力があり、僕は彼から目を離せなくなっていた。

「……強くなりたい」

ぼそっと、僕は呟く。

「もう誰の手も借りる必要もないくらい、力が欲しい。ひとりで人生という道を歩いていけるほど、強くなりたい」

「上出来だ」

そう言って、ヴィクターはパンと手を叩く。

「じゃあ、このおっさんがおめーを強くしてやろう」

「はあ？　なんでお前に——」

「年長者の言うことは聞くもんだぜ？　これでも俺は昔、まあまあ強いヤツらと一緒に、まあまあ強い敵と戦ったんだ。ひとりで旅を続けてるし、少なくとも、おめーよりは強いぜ？」

なんと偉そうな態度なのだろうか。

ここまで言われると、さすがに腹が立ってきた。

力を振り絞って立ち上がり、僕はふらつく足でヴィクターに取っ組みかかろうとした。

「ざけんな。不審者に教えを請うほど、僕も落ちぶれてな——」

だが、伸ばした手をヴィクターに掴まれたかと思ったら——世界が反転。再び僕は、地面の上で仰向けになっていた。

「……っ！」

「痛いか？　その痛みを忘れるな。ここが、おめーのスタートラインになる」

全身に襲いかかる痛み。遅れて、理解が追いつく。

僕は……投げ飛ばされたのか？

いくら、シャドウウルフを一体すら狩れない僕でも、ただのおっさんには遅れを取らないはずだった。

しかしヴィクターの動きを目で捉えることすらできず、こうして地面に倒れている。

にやにやと軽薄な笑みを浮かべるおっさんが、今は実物以上に大きく見えていた。

「さあ、どうする？　俺も無理にとは言わねーよ。ここで逃げ出して、これまで通りの生活を送るか。それとも一縷(いちる)の望みにかけて、俺の手を取るか。決めるのはおめーだ」

「……よろしく頼……みます。僕を鍛えてください」

絞り出した声。

僕がそう言うと、ヴィクターは途端に優しげな表情を浮かべ、手を差し伸べるのであった。

# あとがき

作者の鬱沢色素です。

この度は、当作品を手に取っていただき、誠にありがとうございました。

当作品は主人公のティアが、二度目の人生で自分らしく生きていく物語です。

前世では母親から厳しく接され、『自分らしく生きること』を我慢してきた少女。そんな彼女は神様から錬金術の力をもらって、ティアとして異世界に転生することになりました。

だけど、三歳のティアの錬金術は規格外。ちょっぴり（？）ズレたセンスのせいもあり、彼女はただ可愛いものを作っているつもりですが、実際はそうではありませんでした。髑髏の剣は凶悪な魔物を倒し、音楽箱は汚れたものを浄化します。彼女の周りの人たちはティアのすごさに気付きますが、彼女自身は無自覚にその力を使うのでした。

ですが、彼女の本当の魅力はそこではありません。

ティアちゃんは……とても可愛いのです！

ぜひ、読者の皆様もそんな彼女を応援しながらお読みくださいませ。

次に謝辞を。

担当様。今回もお忙しい中、お付き合いいただき、ありがとうございました。おかげさまで、とてもいい作品にでき上がったと思います！

イラストご担当のフェルネモ先生、ありがとうございました。ティアちゃん、とても可愛いです！　作品の可愛らしい感じが存分に表現されており、最高でした。今後とも、何卒よろしくお願いいたします。

その他にも当作品を作るにあたって、様々な方にご協力いただきました。この場を借りて、お礼申し上げます。

そして最後に、読者の皆様。ありがとうございます。読者の方々のおかげで、こうして自分自身も楽しんで作品を作ることができています。


では、また会う日まで。

鬱沢色素（うつざわしきそ）

つよかわ転生幼女は自分らしく生きていきます
〜小さな錬金術師がつくる極悪!?アイテムは史上最強です〜

2024年9月27日　初版第1刷発行

著　者　鬱沢色素



発行人　菊地修一

発行所　スターツ出版株式会社

〒104-0031　東京都中央区京橋1-3-1　八重洲口大栄ビル7F
TEL　03-6202-0386（出版マーケティンググループ）
TEL　050-5538-5679（書店様向けご注文専用ダイヤル）
URL　https://starts-pub.jp/

印刷所　大日本印刷株式会社

ISBN　978-4-8137-9366-3　C0093　Printed in Japan



［鬱沢色素先生へのファンレター宛先］
〒104-0031　東京都中央区京橋1-3-1　八重洲口大栄ビル7F
スターツ出版（株）　書籍編集部気付　鬱沢色素先生

話題作続々！異世界ファンタジーレーベル

ともに新たな世界へ

2025年2月
3巻発売決定!!!

毎月第4金曜日発売

山を飛び出した最強の愛され幼児、
大活躍&大進撃が止まらない!?

コミカライズ1巻
同月発売予定!

著・蛙田アメコ　イラスト・ox
定価:1485円（本体1350円+税10%）※予定価格
※発売日は予告なく変更となる場合がございます。